Para una buena lectora, con
el afecto y los mejores deseos de,
      note
Por grupo de Ex Funcionarios
      Liceo Marta Nuares Diaz

          Antof : Dic, 1999.

PaTRiCia CaroLina
Cabello CáCERES

Donde mueren los valientes
(Relatos)

HERNÁN RIVERA LETELIER

Donde mueren los valientes
(Relatos)

Editorial Sudamericana

Diseño de portada: Patricio Andrade
Ilustración de portada: *El jarabe de ultratumba*, José Guadalupe Posada,
grabado al buril.
Diseño interiores: Andros Ltda.

I.S.B.N.: 956-262088-3

   Santa Isabel 1235
   Teléfono: 274 6089
   E-mail: sudchile@netup.cl
   Santiago de Chile

ÍNDICE

I

POR FAVOR, BRANDO, NO TE HAGAS NUNCA FAMOSO

En asuntos de amoríos no soy ningún santo. Lo reconozco. Y en mis correrías de poeta trashumante he tenido más de una aventura con poetisas maternales y solitarias damas amantes de las Bellas Letras. Sin embargo, debo decir que una rubia de ojos azules —siempre me han ligado las rubias de ojos en colores— me hizo cometer una noche la más ruin canallada de mi vida.

Todo comenzó en una lectura de poesía en un pequeño puerto nortino. El local que los organizadores pudieron conseguir para el acto resultó ser estrecho y poco ventilado, y esa noche de domingo el calor chorreaba amelcochado por las paredes. Era la primera vez que yo realizaba uno de mis recitales *underground* en ese puerto.

Mientras leía en una mesa coja, encaramado en una especie de *podium* de velada escolar, no podía dejar de sentirme nervioso ante la presencia de una rubia carita de sueño, mononita ella, que sentada en primera fila, piernas cruzadas y todo, me miraba con el azul lánguido de sus ojitos de cielo. "Claro que tiene que mirarte, pedazo de idiota", me decía a mí mismo, tratando de tranquilizarme. "Si eres tú el papanatas que está haciendo de payaso". Y blando de calor bebía el agua tibia de un vaso de plástico puesto sobre la mesa y carraspeaba asnalmente entre poema y poema.

Al finalizar la lectura, y como dejándose llevar por la casi vaporosa ola de aplausos, la rubiecita fue la primera que se adelantó a saludarme. Yo había cateado expertamente el público femenino y la rubia treintañera era lejos lo mejor de la veta (melena despeinada, aretes de gitana y pañuelito de seda al cuello, era lo que más brillaba en la sala). Las demás mujeres que componían la audiencia, o eran angulosas profesoras de lentes, o poetisas demasiado voluminosas para mi gusto venéreo.

Sin decir agua va, luego de aplayizar (esto por lo de la ola de aplausos) frente a mis colmillos babeantes, la rubia me abordó con una pregunta que me hizo pestañear incrédulo (por un momento pensé que me iba a preguntar que por qué tenía la boca tan grande, abuelito). Lo que me preguntó en cambio, susurrante, fue si me podía dar un beso. Y acto seguido, sin esperar respuesta, en un arrebato de "pura sensibilidad artística" como diría melosamente después justificándose ante el barbilindo que la acompañaba esa noche,

14

me estampó en la boca (que dos tampones de tinta fucsia eran sus labios) un efusivo beso acorazonado.

Después, mientras nos tomábamos un trago en el boliche al que me llevaron los vates organizadores (entre los que descollaban con luz propia un corpulento poeta camionero y un sanguíneo poeta en silla de ruedas), llegó la rubia con su acompañante y hubimos de comprimirnos aún más en las dos mesitas que habíamos logrado arrejuntar. La rubia, haciendo gala de un tupé increíble, ignoró olímpicamente a su compañero y acomodó una silla a mi lado y se apretujó contra mi cuerpo. De su escote fluían olorositos los vapores de un perfume de violetas.

En una atmósfera agrisada de humo de cigarrillos, mientras resonaba una música de charango y quenas y los poetas discutían sobre los mascarones de proa de Neruda, la rubia —a la que yo le acariciaba los muslos por debajo de la mesa—, batiendo melindrosamente las pestañas (en verdad la muñeca era el epítome de las rubias melindrosas que había conocido hasta entonces), me lanzó una frasecita que aún me hace engrifar los pelos de susto: "Por favor, Brando", me dijo, "no te hagas nunca famoso". Y por Dios que me lo pidió como si la vaina dependiera exclusivamente de mi antojo; como si me estuviera pidiendo, por ejemplo, que no dejara de usar esos bototos industriales que llevaba puestos, o que no cambiara nunca esas camisas que por ese tiempo yo todavía usaba: de mezclilla y sin cuello, y que eran el resabio de los años que había vagado a dedo por las carreteras del país, cuando por un deschavetado acto de higiene, además

15

de no usar ropa interior, le arrancaba el cuello a mis camisas.

Acaso no sabía ella, la damisela de los ojos aturquesados, comencé a disertar admonitorio, etílicamente grave, que todos los que estábamos metidos en este forro que era la literatura éramos una manga de neuróticos egocéntricos del carajo que lo único que anhelábamos en nuestra vida de gorriones inútiles era darnos un día de narices con esa puta gorda que era la Fama. Y el cabrón que asegurara lo contrario no era sino un pobre rulenco que no tenía la más remota posibilidad de sentarla alguna vez en sus rodillas enclenques. Porque, claro, para lograr eso, primero había que sentar a esa otra meretriz que era la Belleza, que bien podía ser tonta y floja como dijera el gran Pablo de Rokha, pero que no se dejaba ver las canillas muy fácilmente, y menos por cualquier pelagatos de tres al cuarto.

Y traposamente embalado en mi perorata, mientras devoraba un sándwich de jurel frito, la especialidad de la casa y único ágape con que pudieron atenderme los paupérrimos vates del puerto, seguí pontificando en voz alta, demostrando a los de la mesa todo lo erudito que podía ser en esas paparruchadas seudoliterarias. Todo esto, mientras la rubia melindrosa no hacía sino mirarme con la expresión de una vaca bizca (lo espirituoso del vino parecía haberle desviado levemente la mirada) y su novio adoptaba poses de inteligencia y el poeta paralítico no despegaba la vista del vaso y el poeta camionero interrumpía a cada tanto invitando a hacer un brindis por "la Madre Poesía y sus hijos aquí presentes".

Ya era pasada la medianoche cuando los escritores locales, emparafinados todos como piojos, comenzaron a desbandarse de a uno. Antes de que la rubia se retirara del brazo de su acompañante —y en la mesa nos quedáramos sólo el poeta camionero, el paralítico y yo—, en una de sus idas a empolvarse la nariz, me metí con ella al baño de las mujeres y la arrinconé decidido contra los azulejos. La ricura en verdad no me dejó avanzar mucho, pero me dijo, prometedoramente ronroneante, que por la noche del día siguiente iría a visitarme. Que ella sabía en dónde me iban a alojar los poetas.

El poeta camionero, de gruesos bigotes de manubrio, carcajadas largas y pesados manotones amistosos, era un tipo de muy buena sombra. Chofer de un camión de transporte, de esos con acoplado, hablaba en metáforas mecánicas y hermaneaba a todo el mundo; "hermanos en la poesía", llamaba a los demás poetas. En la cabina de su vehículo tenía pegado un retrato de Federico García Lorca en el que había escrito: *"Lorca es mi copiloto",* y un busto de madera de Pablo Neruda que colgaba en el parabrisas como un zapatito de guagua. En el círculo literario local se le conocía un solo poema: un larguísimo romance en octosílabos dedicado a su camión y que tras cada uno de sus viajes traía cambiado y retocado, sin llegar nunca a una versión definitiva.

El poeta de la silla de ruedas, en cambio, era todo lo opuesto a su amigo. En su cuadrado rostro vultuoso

17

tenía petrificada una expresión de despotismo que se encendía cada vez que era transportado en su trono de paralítico (en las dos veces que en el boliche se había hecho llevar a las casitas le vi aflorar en el rostro la expresión arrogante de un mandarín oriental). Además de su altanería, vislumbré que era uno de esos insufribles tipos que creen ver debajo del alquitrán.

Lo que en verdad sabía de él era muy poco: que era separado y que vivía solo en una casa vacía, en la que había ofrecido alojarme esa noche. Se decía que también había sido camionero, y que su esposa lo había abandonado al quedar artrítico. Que el tipo había sido un bruto como marido y que ahora ella no perdía ocasión de desquitarse. "Tengo que verlo un día en la calle vendiendo números de Lotería en su silla cabrona", dicen que decía la mujer.

Era casi de madrugada cuando salimos del boliche. Embullados y borrachos como taguas, echamos a caminar por el medio de esas calles desiertas que, a la luz del amanecer, parecían ser las más tristes y desamparadas del litoral chileno. El poeta camionero empujaba la silla de ruedas de su amigo como si fuera el carrito de un niño. Piteando y haciendo ruido con la boca lo llevaba corriendo a todo dar por el pavimento ejecutando bruscos virajes, frenando de pronto violentamente, soltándolo en las bajadas y luego corriendo a alcanzarlo sin dejar de reír sus roncas carcajadas gremiales. Todo esto mientras el poeta perlático cantaba tangos a voz en cuello y, tras cada frenada o viraje de la silla, bramaba como toro e insultaba a gritos al camionero. Su insulto preferido era *barbeta,* palabra que esa noche había usado varias veces en la mesa.

En un momento, mientras él se ponía a mear en un poste, el poeta camionero me pidió que empujara un rato la silla de ruedas. No pude negarme. Pero me sentí como uno de esos chinos de Hong Kong arrastrando en su carrito de bambú a un estirado inglés de mierda. Además, mientras yo empujaba la silla con delicadezas de enfermero nuevo, el paralítico paró su cantilena tanguística e imitando la vocecilla de la rubia comenzó a gritarme a todo hocico: "¡Por favor, Brando, no te hagas nunca famoso!". Remedaba tan bien la voz de la rubia que el poeta camionero, de tanto reírse, se meó toda una pierna del pantalón.

Ya en la casa, antes de tirarme a dormir en un colchón preparado en el suelo, tuve que sacar al vate de su silla, estirarle cuidadosamente su osamenta de piedra y tenderlo de espaldas en la cama. Al otro día el cuento fue al revés: hube de sacarlo de la cama, doblar sus huesos endurecidos y sentarlo en su triste trono de ruedas de bicicleta. Ese lunes, durante toda la jornada, prácticamente tuve que hacer de mayordomo del inválido. No me fui de la ciudad esa misma mañana puramente por la visita de la rubia acordada para esa noche. Además de afeitarlo, peinarlo y llevarlo al baño tres veces durante el día, tuve que hacerle friegas de salicilato en el cuello y en sus manos artríticas. Sus pobres articulaciones sonaban como tuercas o pernos oxidados.

La casa del paralítico estaba pintada por dentro de un horrible color de membrillo machucado, y se hallaba vacía casi por completo. Además de venderle el camión, su esposa le había ido quitando los muebles uno por uno. El descuido y el desaseo eran ostensibles; por las habitaciones vacías esa noche vi pasear miríadas de cucarachas color conchovino.

La pieza del living-comedor, la única que lucía un par de muebles, y donde el hombrecito tenía su escritorio, estaba revestida en sus cuatro paredes de un verdadero especilegio. Diplomas, banderines, pergaminos y galvanos otorgados por las instituciones más inverosímiles, en reconocimiento a los más rebuscados méritos, pendían convenientemente enmarcados y dispuestos en escala real. El vate de la silla de ruedas había ganado premios por odas a la patria, por acrósticos al día de la madre, por coplas al minero nortino, por himnos de jardines infantiles y hasta por letras de cuecas en concursos radiales organizados para las festividades patrias.

El hombre pertenecía a esa especie de cofradía que conforman los poetas de medio pelo (cofradía en la que yo me he negado rotundamente a ingresar), y en la cual se dedican a florearse mutuamente, se escriben cartas cada semana, publican opúsculos y hojas sueltas rigurosamente mes a mes, se premian unos a otros en los más sospechosos concursos literarios y se invitan al menos una vez al año a encuentros y asambleas de nombres tan rimbombantes como: *"Primer Encuentro de Intelectuales y Artistas no Oficiales de América Latina"*.

Sólo una vez durante aquel día vi reír al paralítico mala leche. Fue después de comernos una fuentada de salmón con cebolla (preparado por mí, por supuesto) y mientras se ufanaba en mostrarme su colección epistolar. Luego de leerme algunos versos de un libro recién enviado por uno de sus poetas amigos, mientras lo comentaba y elogiaba con entusiasmo, inconscientemente se puso a matar moscas con el ejemplar. A cada elogio que hacía, mandoble que le daba a una mosca. Cuando las manchitas de sangre comenzaban a cubrir el plenilunio en blanco y negro de la portada, y sobre el mantel de hule negreaba una decena de moscas muertas, le dije amablemente que por qué no le escribía a su amigo pidiéndole que la segunda edición la sacara con mango.

Cuando por fin se hizo la noche y apareció la rubia, yo, podrido de oír tanto verso malo, me hallaba en un rincón de la pieza desintoxicándome con un libro de Ernesto Cardenal. El poeta, con la silla de ruedas arrimada a su escritorio, trataba a duras penas de redactar una carta con los tres dedos nudosos que aún podía manejar. Al entrar, la rubia saludó con un melodioso buenas noches que él no se dio el trabajo de contestar. Ni siquiera levantó la vista. La ignoró completamente. Encorvado en su silla de ruedas, el inválido daba la impresión de un melancólico animal disecado.

Con el pretexto de mostrarle algunos de los epigramas del poeta nicaragüense, nos instalamos con la muñeca detrás del poeta, junto a una mesita en donde una pequeña radio chicharreaba música del recuerdo. Al ratito nomás, abroquelados (y exacerbados) por la imposibilidad del paralítico de volverse a mirarnos, o de siquiera girar la cabeza, luego de nada más subirle un poquito el volumen a la radio (y sólo un poquito también la minifalda a la rubia), nos echamos un polvo a horcajadas en una silla, en las espaldas mismas del lisiado.

Hubimos de contener el aliento dolorosamente, no emitir un solo suspiro, ahogar los estertores cada uno mordiendo el hombro del otro (la rubia zureaba como una paloma enferma). Y en el momento culminante, cuando yo trataba de que la silla no crujiera y aguantaba el jadeo hasta lo imposible, vi las espaldas del hombre estremeciéndose en unos espasmos atroces, como si el pobre estuviese sollozando o achicharrándose a golpes de corriente en su silla eléctrica.

Repito que no me considero ningún santo en la materia. Pero tampoco soy un canalla sin corazón. Y aunque reconozco que lo hice un poco como desquite por todo lo que el anciano atrabiliario me había hecho mayordomear durante el día, les juro por mi madre que sólo cuando la rubia me lo dijo —sonriendo arteramente al despedirnos—, supe que era su esposa.

IRENE

Irene se despierta. Un hombre fuma a su lado. No lo conoce. Huele a vino como todos. No lo conoce. Su aire de galán porno no le dice mucho. Tampoco su camisa que cuelga de la silla como un ave degollada. Puede ser un fullero, piensa, haciéndose la dormida. Puede ser un idiota, un santo, un burócrata. Puede ser un obispo, tararea para sus adentros, recordando la vieja tonada, puede y no puede. Puede ser la muerte simplemente vitrineando. Se estremece.

El hombre huele como todos, regatea la tarifa como todos y se va como todos. Ella queda sola (siempre queda sola). Se mira un rato las uñas, se encoge de hombros, extrae un cigarrillo. Apestaba como todos, se dice, encendiendo su aparato de radio; amaba como todos, sintonizando su programa de música favorito;

volverá como muchos, concluye despectiva y comienza a vestirse frente al espejo, a reír, a bailar, a gesticular frente al espejo. Irreverente de caderas, casi alegre de colorete, semiabotonada su saya transparente, baja después a la calle a comprar flores; a comprar flores; compra flores... flores... flores... La hermana Irene del Rosario de los Sagrados Peñones siente que ese solo detalle de su mal sueño la purifica y redime. Y abrasada entonces de un calor parecido al de la gracia de Dios, se acomoda bajo sus conventuales sábanas para seguir soñando.

LA AMANTE

Después de hacerle el amor, el hombre enciende un cigarrillo y apoya la cabeza dulcemente en su hombro. Como ensimismado en los reflejos de luz de la gran lámpara de cristal, comienza a hablarle, ronroneante, de lo feliz que es con ella (y de lo desdichado que fue, en cambio, en sus veinte años de matrimonio). "Ah, si sólo hubiera sabido de ti antes", le dice amoroso. Y la abraza y la besa largamente. En el abrazo la toca sin querer con el cigarrillo y, en un fuuuuuu lánguido, penoso, conmovedor, su recién adquirida amante comienza estrafalariamente a desinflarse.

LA ESTATUA DE SAL

Lo que más desespera a la mujer es lo fácil que le sería desobedecer. Sólo bastaría con volver un poco la cabeza y ya. Pero le han prevenido tanto que no lo haga; la han intimidado tanto y con tantas clases de maldiciones.

En un momento, sólo por rebeldía, se queja de hambre y de fatiga.

Que al trasponer aquella colina, le prometen, armarán tienda para descansar y comer algo.

Los resplandores prohibidos, a sus espaldas, alargan su sombra tremolante sobre las arenas y sus reflejos se proyectan contra el limpio horizonte delante suyo, como en una gigantesca pantalla cinerámica. Ya en la cima de la colina, simula una piedra en el zapato y se queda rezagada.

—Los alcanzo en seguida —les dice.

Agachada, con el zapato de fino tacón en la mano, saca su espejito de la cartera y trata de ver algo hacia atrás. Como no puede, comienza entonces a volver lentamente la cabeza y mira. Mira. Ha desobedecido, ha mirado y no le ha pasado nada. No hay ningún castigo para ella. "Pamplinas", se dice satisfecha.

Contentísima, danzando y riendo feliz de la vida, baja hasta donde sus compañeros, sentados silenciosamente en la arena, comienzan a merendar. Y no entiende, no alcanza a comprender por qué uno de ellos, el más desagradable de todos, alarga de pronto una mano, le da un pellizco en la nalga como si tal cosa y luego frota sus dedos sobre un violáceo huevo duro.

EL ACCIDENTE DEL GUITARRISTA

Con una mano sosteniéndola por el cuello y la otra rodeándole la cintura, la toma impulsivamente y la atrae contra su pecho. Sentado en su cama la había estado contemplando largo rato, desde antes que la luna, como un gran globo publicitario, apareciera luminosa en su ventana.

En verdad le parece que han transcurrido siglos desde la última vez que la tocara. La acaricia suavemente. Pensar que con ella pasó los mejores momentos de su vida y, ahora, después de su maldito accidente, lo único que puede hacer es esto: acariciarla torpemente, apretarla impotente contra su pecho y llorar. Y así no puede seguir, de eso está consciente; algo tendrá que hacer, y pronto. Mantenerla a su lado, verla solamente, le hace daño. Su insoportable silencio es lo que más lo desespera.

Absorto en sus pensamientos, siempre acariciándola con ternura –dibujando con la punta de sus dedos su dulce curvatura de mujer–, mira el globo luminoso desaparecer lentamente del marco de la ventana. En un suspiro de abandono, entonces, vuelve a dejarla tendida a su lado, se da media vuelta y, con una mano sosteniéndola por el cuello y la otra rodeándole la cintura, toma resignadamente su guitarra.

EL OBSCENO LAMENTO
DE UN PRÍNCIPE

En la de disfraces palaciega fiesta, ella, de eslava princesa vestida, bailó la santa noche toda (la no muy santa noche toda) con el disfrazado de arisco jumento. Y aunque una virtuosa en el arte de la danza precisamente no era (según argumentó encendidas de pudor las mejillas cuando, luciendo mi traje de príncipe, le reverencié me concediera el honor de bailar una pieza conmigo), aunque una virtuosa, repito, en el arte de la danza no era, en los románticos y bien ceñidos valses (en los románticos sobre todo y bien ceñidos valses) la impresión daba la muy princesa de las mil y una desplazándose feliz en los brazos del aquel sátiro jumento, la inquietante impresión daba (aunque una virtuosa de la danza no era), que no tocaban sus pies el piso.

LA MUJER DE SUS SUEÑOS

Soñaba que de nuevo estaba soñando el mismo sueño con la rubia del departamento de enfrente: que le besaba con pasión y la apretaba con fuerza entre sus brazos. Y que cuando despertaba y se veía, como siempre, apretujando la maldita almohada contra su pecho, la tomaba furioso por la funda y la arrojaba violentamente contra la pared. Despertó sobresaltado. La almohada seguía en su lugar, pero en el piso, despatarrada junto a la pared, sangrante, yacía la rubia del departamento de enfrente con la que al fin (sólo el día antes) había logrado casarse.

II

DONDE MUEREN LOS VALIENTES

... **Y** de pronto yo, el verdugo por excelencia, el ejecutor más despiadado de estos fusilamientos, el que no perdonaba a nadie, el capaz de rematar sin asco a su víctima en el suelo, el prócer indiscutido de estas encarnizadas batallas de suburbios, había pasado, de golpe y porrazo, de ejecutor a ejecutado. Y mientras asistía a los preparativos de mi ajusticiamiento –ceremonial de una liturgia que conocía al dedillo, pero del otro lado del que me hallaba ahora– no podía dejar de pensar en ese cabrón arranque de sentimentalismo barato –inédito en mí– que me llevó a sustituir en el puesto al compañero caído, y a tratar de llevar a feliz término su peliaguda misión en la batalla. Y, precisamente –pensaba emputecido en tanto aguardaba la orden de fuego–, venir a ocurrirme esto justo en la contienda con uno de los bandos más duros de esta inclemente guerra periférica, el mismo que en el primer choque simplemente hicimos papilla. Jornada memorable aquella en que, justamente este servidor, se llevó todos los honores al hacer morder el polvo al matachín ese que los capitaneaba y que estaba haciendo demorar la derrota de sus huestes prácticamente él solo. De la despiadada como impecable ejecución que me mandé aquella vez, clave para la victoria final, todavía hoy se habla en las trincheras de por estos lados. Y ahí estaba, ahora, a punto de morir en mi propia ley. Totalmente indefenso frente a ese mastodonte – expresivo como un bloque de hielo– elegido como mi verdugo. Un bestia que el enemigo había reclutado estrictamente (decían) pensando en esta segunda batalla; un ejecutor (decían) tanto o más brutal que yo; un carnicero sin un solo miligramo de sentimiento, un mercenario que en sus ejecuciones (decían medrosos) utilizaba como arma de tiro un mortero de esos de la Segunda Guerra Mundial; un asesino que a la primera ojeada me hizo entender que con él no corrían trucos, que todas esas artimañas a que recurren las víctimas buscando desconcentrar al fusilero, hacerlo perder puntería –artimañas que a mí alguna vez me hicieron vacilar levemente–, no harían ninguna mella en su impavidez de sicario analfabeto, no influirían para nada en esa frialdad terrible con que, ya terminado el ceremonial previo, aprestó su mortífero cañón de ajusticiamiento, mientras yo me persignaba, me agazapaba, me encogía como un batracio sin dejar de mirar el proyectil que, a la orden de "¡Fuego!", me dejaría tirado en el suelo como un perro sarnoso, o me elevaría a la gloria de ese cielo de domingo en una volada que ningún locutor radial iba a relatar eufórico, que ningún canal de televisión iba a repetir en cámara lenta, que ningún piojoso reportero gráfico captaría para la portada de ninguna de esas cabronas revistas especializadas. Porque en estos reductos poblacionales, compadre, en estos perdidos potreros pedregosos, en estas bravas canchas a medio cerro, los tiros penales de último minuto sólo se comentan con las patitas debajo de mesas como esta: tapadas de botellas espumeantes; sólo se analizan, compadre –entre pausas de chistes genitales y boleros de venas abiertas–, en estos pringosos boliches de esquina en donde, impajaritablemente, llegamos a morir los valientes. ¡Salud!

COMO DE COSTUMBRE

Después de pasar la tarde en la plaza de costumbre –sentado en el escaño de costumbre–, el viejo se ha recogido temprano como es su costumbre. Sentado al borde de su cama, fría como de costumbre, comienza a desvestirse pausadamente como tiene por costumbre. Entre prenda y prenda, y casi por costumbre, se queda un rato contemplando su sombra, negra como de costumbre. Dobla meticulosamente su ropa en la forma de costumbre y la deja sobre la silla, coja por costumbre. En su listado pijamas de costumbre, tras entrar al baño demorando lo de costumbre, revisa llaves y cerrojos como es su costumbre. Desde el piso de arriba, como de costumbre, llega ruido de fiesta. Putea, como de costumbre. Pone su despertador a la hora de costumbre, y con la plástica indiferencia que da la costumbre, luego de apagar las luces, se pega el tiro de costumbre.

LA CONSTRUCCIÓN

A punto de hacer sonar el fierro que hace de campana para anunciar la hora gloriosa del tecito preparado en tarro duraznero, me entierro un clavo en el pie que me hace caer de rodillas y rodar dolorosamente hasta quedar sentado sobre la primera piedra desde donde con el pie en las manos y a través de mis lágrimas veo estallar las cruces de cal pintadas en los vidrios de las ventanas derrumbando paredes a medio terminar, echando abajo los andamios y haciendo volar por los aires a los delgados albañiles que por ir a caer fuera del cerco de alambre que rodea la Construcción, son despedidos al instante por abandono de trabajo antes de que sus impávidas gorras confeccionadas con papel de bolsas de cemento descendiendo con vaivenes de cambuchas mandadas a las pailas o plumas de ángeles viejos caigan sobre las brillantes calvas de las autoridades que con sus rostros empapados de sudor y ayudándose con los dientes se apuran en cortar la cinta de inauguración guardándose unos tricolores centímetros para el álbum de recuerdos que diaria y meticulosamente pegotean sus altas y ligeramente públicas señoras, las que en esos momentos traste arriba y locas de entusiasmo plasman sus manos para la posteridad en las losas de cemento fresco donde asoman ruedas de carretillas, mangos de palas y cabezas de obreros con cascos de colores que se hunden sin remedio pero disparando flor de talla contra el hijo de puta del jefe de obra que blandiendo un pedazo de silla y con su congénito aire de domador de fieras trata de contener a la turba de cesantes que atraídos por el olor a sangre caliente echan abajo las alambradas arrancan de cuajo los letreros no hay vacantes e instalando a todo volumen sus aparatos de radiocasetes con el popular mártir Lucho Barrios muriendo de amor a todo bolero comienzan a rastrillar sonámbulamente los trozos de ladrillos, vidrios rotos, clavos chuecos y otros restos del edificio esparcidos alrededor de una incólume sombrilla de playa debajo de la cual el carpintero Gabriel más conocido como Gabriel el carpintero sentado a la manera hindú sobre un sillón de felpa roja, aguarda el gong del fierrito releyendo dulcísimo a su inefable joyce.

SALA DE ESPERA

Claro que yo también a veces me canso de tanta espera, de cruzar y descruzar infinitamente los brazos, de mirar y ser mirado siempre por las mismas bovinas caras (porcinas caras, como usted dice). Por supuesto que a ratos me hastío de seguir el vuelo acabronante de la siempre idéntica mosca, de contemplar las manchas en las paredes (usted y yo sabemos de sobra que las menos misteriosas de todas son las que parecen explosiones atómicas). Cómo no, a mí me vienen de pronto los mismos deseos de sublevarme, de rebelarme de una vez por todas y saltar aullando de la silla, colgarme de las cortinas, aventar los ceniceros, defenestrar a patada limpia esas monstruosas plantas de interiores, esas flores que ningún colibrí despeinará funámbulo. Sí, papirotear orejas, punzetear costillas,

tironear rabos, introducir palos por el culo; riendo des-
aforadamente, cómo no, arrepollar una a una las revistas de la mesita de centro —las satinadas deben ser el
delirio ¿no?—; desnudarme, en fin, hasta lo lampiño y
orinar aceite en los murales, largamente orinar,
redimidamente. Pero ya ve, aquí estoy, aquí estamos,
usted y yo, tal y cual nos enseñara nuestra santa madre: educaditamente sentados esperando turno,
ruborosamente quietos, mansitamente vacunos en la
antesala del matadero.

CANCIÓN A FALTA DE UNA FIRMA

El señor de la oficina privada, de la corbata corcheteada, de la actitud taquigrafiada, de las orejas cronometradas, de la sonrisa fotocopiada, el señor de las palabras plastificadas, entiende perfectamente mi problema y me da toda la razón del mundo, pero igual me dice que no.

Pero igual me dice que no.

EL PUBLICISTA

Frena violentamente, se baja de su Renault Fuego, pisotea su Philip Morris y entra a casa corriendo. Apenas traspone la puerta se desprende con rapidez de sus gafas Ray Ban y de su maletín James Bond. En un rictus nervioso (casi tic), mientras se dirige atropelladamente al dormitorio, afloja el nudo de su corbata Castedo y la apelotona sobre la cubierta de una cómoda. Impaciente, sin fijarse en dobleces, deja caer sobre ella su vestón Pierre Cardin y su listada camisa Arrow. Acto seguido, presionando cada talón con la punta del otro pie, sin desatarlos, se descalza de sus brillantes zapatos Gino, apoya luego una mano en la cómoda y flexionando cada una de las piernas, de dos bruscos tirones, se arranca los calcetines Moletto que caen sobre la alfombra arrepollados y marchitos. Después baja

44

el cierre de sus pantalones Príncipe de Gales, da unos pasos hacia el centro de la habitación y, de un solo envión, arrastrando con él sus minúsculos slips Apolo, se los arrea hasta los mismos tobillos. Sin inclinarse, usando sólo los pies, deja ambas prendas apeñuscadas en el piso y, enredándose en ellas, irritadísimo, se dirige al baño mientras se desprende de su reloj Casio que tira sobre la cama sin detenerse. Ansioso, neurótico, ya casi fuera de sí, se mete por fin a la ducha. Cuando el agua termina de llevarse por la rejilla del desagüe los últimos efluvios de su colonia Patrichs y de su desodorante en barra Lancaster, se apoya exhausto contra los azulejos blancos y, en susurros, como una letanía, repite una y otra vez su recobrado nombre: raimundo lópez gonzález, raimundo lópez gonzález, raimundo lópez gonzález...

OJO CON ELLOS

Ojo con ellos, con sus graves y esotéricos juegos, *mupuchopo opojopo*. No dejes cristianamente que vayan a ti. Evítalos, ignóralos, ponles cara de ogro o de madrastra. Que sus pucheros no te conmuevan, ni sus patas azulosas; que el ronroneo de sus risas a pila no te seduzca, ni sus gracias de enanos de circo. Como la luna, húyeles. Y si alguna vez en la calle o en un parque público dejan rodar una pelota hacia ti, no la toques, no la vayas a tocar. Hazle el quite como a un animal ponzoñoso y sal enseguida de su radio de juego. Y si de pronto –ni Dios lo quiera– llegaras a verte encerrado en una de sus rondas, no te abandones a la dulzura de sus cánticos, no te vayas a abandonar. Grita, grita fuerte, coge una piedra. Llama a tu mamá.

LOS CONDENADOS

Que estamos condenados a cadena perpetua por re-
volucionarios soñamos; que nos pasamos la vida li-
mando barrotes, anudando sábanas, arañando túne-
les, tratando de escapar hasta por el agujero de nuestros propios zapatos; que ratas por la alcantarilla, pájaros por la azotea, alcanzamos al fin la verde colina y,
allí, alcanzados por un tiro en la espalda, muertos quedamos sobre la hierba de cara a un cielo libre, libérrimo
de estrellas.

Pero he aquí que estamos sentenciados sólo a unos
cuantos años por robar una gallina miserable, y que
nos llevamos los días dibujando rayitas en las paredes,
embotellando barquitos de vela, lánguidamente
masturbándonos, tratando de conseguir el indulto por
buena conducta para, al final, en alguna oscura pieza

de hotel —luego de una humillante agonía—, quedar tendidos sobre un colchón floreado, de cara a un cielo raso cubierto de cagarrutas de moscas.

EL SERMÓN DE LA CIUDAD

En una esquina de la ciudad, ajeno por complejo al tráfago de mediodía, un hombre mira hacia lo alto.

Algunas personas, al verlo, levantan la vista de reojo y, apurando el paso, prosiguen su camino. Otras, tras mirarlo curiosamente, fruncen el ceño en afectado gesto de gravedad e inquieren hacia las alturas en busca del consabido OVNI. Pero como la lonja de cielo se les presenta totalmente límpida, sin siquiera una errante nube dibujando alguna alegoría, se van haciendo claros gestos de burla o contrariedad. Y están también los que, entre serios y divertidos, terminan por acercársele y formando visera con las manos miran hacia el cielo y hacen preguntas que el extraño personaje, ensimismado en su contemplación, no oye o no le interesa nomás responder.

Pasado el tiempo que demoraría una prédica, el mirador baja la vista y, tan silencioso como su mirada, echa a andar dulcemente hacia la otra esquina. Allí, de igual manera que en la anterior, sin decir esta boca es mía, se pone y nos pone a mirar más allá de la arquitectura de cemento, más arriba de las antenas de televisión, más alto de donde revuelan las fantasmales palomas enhollinadas; haciéndonos levantar nuestras tullidas cabezas de cerdo, el loco nos hace mirar un momento —he aquí su mudo sermón de la ciudad— el ya casi olvidado azul del cielo.

INSECTARIO DE PLAZA PÚBLICA

En los fotográficos insectarios que pintorescos y en tres patas sobreviven en las plazas públicas, descuellan sin lugar a dudas las mariposas, las indefectibles mariposas. Ejemplares conocidos vulgo mediante como Juanas del Carmen o Marías de las Mercedes, pero cuyos nombres íntimos –científicos nombres– bien podrían ser *Ojos de Pavo Real* o *Cigenas de la Filipéndula*. Aquellas –fíjense bien–, las que agarradas a su carterita de hule sonríen tristemente. Aquellas que, entre libélulas rollizas, moscardones vestidos de huasos y mosquitos a caballo sobre caballos de mentira, posan blandamente para la posteridad, para perpetuar un domingo solitario.

EL EXCÉNTRICO

Todos los días, a la misma hora, el hombre coge el teléfono y llama a la Reina de Inglaterra.

Los secretarios de palacio, o quienes sean los que toman la llamada, casi siempre le responden en flemático tono de reproche o impacientes evasivas de oficio. A veces le brindan falsas excusas de diplomacia de parte de Su Alteza Real.

En más de una oportunidad, alguna informal institutriz de la corte, coaligada con algún chambelán complaciente, quiso jugarle la broma de hacerse pasar por la Soberana, mas él no se dejó engañar.

Y todos los días del año, ordinarios y festivos, a la misma hora de siempre, puntualísimo, el hombre se acerca a la mesita cubierta de una cretona amarilla, toma su teléfono, marca los dígitos palaciegos y, con una solemnidad blindada, de parte del más incondicional de sus súbditos, pide hablar con Su Majestad la Reina de Inglaterra.

La tarde en que la mismísima Reina en persona responde a su llamado, con el teléfono colgando de su mano laxa, el hombre se queda mirando estúpidamente al vacío. Al día siguiente, a la misma hora *–at five o'clock–* el hombre se destapa los sesos de pie ante su ya intrascendente aparato telefónico.

EL NÁUFRAGO

A punto de morir ahogado, se imaginó una balsa y se encaramó en ella. Murió de insolación.

ATRASO JUSTIFICADO

Hoy, por primera vez en su vida, el contador no llegará a tiempo a su oficina. Sentado sobre su cama, con los pies recogidos a la manera de una momia atacameña, y con una sonrisita psíquica babeándole las rodillas, tiene la vista clavada en el piso, allí donde, echado zoófitamente, más sombrío y más grande que los suyos —ni izquierdo ni derecho—, un tercer zapato lo acecha.

HOY MURIÓ UN VIEJO EN LA PLAZA

A la plaza llegó a sentarse pierna arriba la Muerte. No reparó para nada en los aromos en flor, permaneció impertérrita ante la pandilla de gorriones que, como niños mal vestidos, revoloteó en torno a su esqueleto. Tampoco se tomó una foto. Sólo que al irse llevóse —lo mismo que cuando el viejo se llevaba una hormiga en su vestón— a un viejo sentado tiempo arriba en la plaza.

EL PERRO QUE NUNCA TUVE

El perro que nunca tuve se llama Loa –¿no les suena este vocablo a suave lamido de animal feliz, a sorbo de agua bebido en el cuenco de la mano?–. Y es manso y elástico como el río. No es amaestrado. No, señor. Jamás lo he humillado enseñándole a andar en dos patas o a saludar como la gente. Con su hueso en la tierra, su gato en el techo y su luna en el cielo, ¡qué vida de perros le regalo a mi perro!

En nuestros paseos nocturnos, el perro que nunca tuve levanta su pata lleno de contento en los árboles que nunca tuvo. Y mientras yo le doy toda la tierra para enterrar el tesoro de sus huesos blancos, él me presta toda la luna para enlunar el lastre de mis penas negras.

Un palmotear de lomo y un menear de cola es todo nuestro protocolo; un palmotear cariñoso y un menear alegre –de vez en cuando mordisco y coscorrón–. Después… toda la calle para sus patas errantes; después… toda la vida para mis patas de perro.

APUNTES DE UNA RISA TRISTE

Mi risa no sabe de peces de colores. Siempre han sido grises sus pocos peces, rigurosamente grises. Jamás ha desplegado su lienzo de oreja a oreja mi torpe risa; apenas un estirar de hocico leporino en mitad de un sueño, apenas un rictus de ángel idiota cuando río solo; apenas —nadie se mueva a engaño— la mueca de la Tragedia vuelta patas arriba en mis retratos. Menos todavía sabe de carcajadas mi enferma risa, de esas que al estallar hacen aletear el alma en torno a la cara. Las suyas— de estallar alguna vez—, sonarían como de una boca llena de piezas de oro o insondable de peladas encías: tal y cual deben resonar en los sótanos del cielo las vesánicas carcajadas de Dios riéndose de sí mismo.

PIANÍSIMO

Cuando en esa tierna escena Carlitos Chaplin llora de amor por una mujer, no es Carlitos Chaplin el que llora de amor ni es una mujer la causa de tan blandísimo llanto, pues al llorar de amor, Carlitos Chaplin se transfigura en ángel, y los ángeles, sabido es, no lloran de amor por mujeres sino por pálidas hadas de ensueños. Mas como la pálida hada de ensueños que hace llorar de amor a un ángel deja instantáneamente de ser pálida hada de ensueños para transformarse en sólo una mala mujer, y los ángeles —ya lo sabemos— no lloran de amor por malas o buenas mujeres, sino por pálidas hadas de ensueños, al asomar la primera lágrima en sus ojos de ángel, Carlitos Chaplin pierde de inmediato su condición de tal para volver a ser, en esa tierna y mudísima escena, el hombrecito en

blanco y negro que, sentado en la cuneta, llora blandamente de amor por una, pálida y de ensueños, mala
mujer.

A MODO DE ARENGA

"Oídme ahora, suicidas de alcobas, de estudios, de salas de baño, suicidas de puertas adentro. No más sobredosis de tranquilizantes, no más disparos en la boca, no más venas abiertas con hojitas de afeitar, nunca más la soga al cuello y quedar ondeando como mísero trapo de rendición. Con un clavel en la oreja subid airosamente las torres, elegid las azoteas más altas, las más altas cúpulas, y coronados de palomas allá arriba, abrid hasta la transfiguración vuestros pálidos brazos.

Pero oídme bien, inútil manga de frustrados: aquí no se trata de dejarse caer con remilgos de hojas secas, aleteos de coleópteros averiados o parábolas de pájaros ciegos. Mucho menos tratar de lucirse con volteretas de campeones olímpicos en saltos ornamentales. En picada de ángel japonés en llamas —en ataque de sorpresa al amanecer— lancémonos contra el mundo. ¡¡KAMIKAZE!!"

III

DE NOCHE Y BOCA ARRIBA

Boca arriba, semiinconsciente, recordó el famoso cuento de Julio Cortázar. Por el momento, no imaginaba por qué lo habían dejado tranquilo. Como en el cuento, oía toser, respirar fuerte, a veces un diálogo en voz baja apagado por la estridencia de una música salida de un equipo *stereo* (la música, por supuesto, no aparecía en el cuento). El cuento. Sintió que debía aferrarse a él como fuera, construir un muro con sus imágenes, un murallón mental que resguardara nombres y direcciones. Y el cuento de Cortázar le venía de perillas. Por algo se lo había aprendido de memoria. Y de puro enamorado. Qué sería de la Claudia. Tanto que le gustaba Cortázar. "El cronopio padre", lo llamaba ella. Y justamente gracias al escritor argentino se habían conocido. Cómo la había impresionado aquella vez en el patio del liceo cuando se acercó al rincón en donde ella siempre se sentaba y, luego de preguntarle qué estaba leyendo (él ya lo sabía), le dijo, tratando de ser lo más natural posible, que él se sabía todos los cuentos de Julio de memoria (dijo "de Julio", confianzudamente y de adrede). Ella levantó los ojos y se lo quedó mirando con extrañeza. Luego, lacónica, sin ningún matiz de asombro en su voz, dijo: "Eso habría que verlo". ¡Era precisamente lo que él esperaba! Y a la salida de clases, en la confitería de la esquina, mientras le recitaba palabra por palabra, íntegramente, el difícil texto de *La noche boca arriba* (ella con el libro en la mano siguiéndolo implacable), sintió que de ahí en adelante ya no le sería más indiferente. "Es que cualquier pelotudito de tres al cuarto se puede aprender un poema de memoria, sólo es cuestión de saber que bajo el verso terminado en lluvia, impajaritablemente asoma su naricita la famosa rubia", pontificó con aires de docto en la materia. "Lo mío, en cambio, es mnemotecnia pura". Después, cuando ya atardecía en los ventanales y no quedaba mucho que decir, él le había confesado —y esa confesión era parte de su plan, por supuesto, la guinda del pastel— que nada más se sabía de memoria ese cuento y ningún otro; y que le había llevado tres semanas enteritas, con sus correspondientes sábados y domingos, metérselo línea por línea en la cabeza. Y todo ese sacrificio sólo por acercarse a ella. Un golpe maestro. ¡Cómo había logrado enternecerla!

De pronto sintió que le arremangaban la capucha y unas manos tibias le levantaban los párpados, primero uno y luego el otro. "Ahora sólo falta que a estos cuervos les dé por sacarme los ojos", pensó. Y de nuevo se dijo que tenía que aferrarse al cuento con dientes y uñas, que no lo podía dejar ir. Pero lo del cuervo le trajo a la memoria una página de "Historias de Cronopios y Famas", libro que conoció luego, como todos los otros del argentino, gracias a Claudia, cuya entretención favorita era pasar tardes enteras en las librerías de viejo.

Ahora sentía que el buitre dejaba en paz sus pobres párpados para ceñirle una de sus adoloridas muñecas. Se la ceñía como... como tomándole el pulso. ¡Está tomándome el pulso!, pensó sorprendido. Un vértigo de esperanza como un cubito de hielo le ardió frío en la boca del estómago. A lo mejor... pero no... no podía ser. Aunque sería maravilloso que él también, lo mismo que el azteca del cuento, saliera como de un brinco a la noche plácida de un hospital, a un cielo raso dulce, a sombras blancas que lo rodearan; que ladeando un poco la cabeza viera la botella de agua que tenía algo de burbuja, de imagen traslúcida contra la sombra azulada de los ventanales. Y es que en esos momentos él también (como el azteca) sentía una sed tal si hubiese corrido kilómetros. Instintivamente quiso estirar una mano para alcanzar la botella y... sintió las amarras. "Sus dedos se cerraron en un vacío otra vez negro", recitó decepcionado, angustiado. En realidad estaba perdido, ninguna plegaria podía salvarlo del final. Lejanamente, como filtrándose entre las piedras del calabozo, oyó, no los atabales de la fiesta indígena, como rezaba el texto, sino la estridencia del equipo de música al que comenzaban a darle todo el volumen de nuevo. Pensó en sus compañeros llenando otras mazmorras y en los que ascenderían ya los peldaños del altar del sacrificio. Se dijo que las coincidencias con el cuento eran muchas; si hasta las circunstancias de su arresto eran idénticas. Aunque él no iba montado en ningún insecto de metal, sino sentado en un pequeño *Fiat 600,* y lo suyo no fue un accidente de tránsito sino un vulgar secuestro, era casi lo mismo: él también iba algo distraído esa mañana, pero corriendo por la derecha como correspondía, dejándose llevar por la tersura, por la leve crispación de ese día apenas empezado. Y tal vez también su involuntario relajamiento le impidió ver que lo seguían, prevenir la encerrona. Al personaje del cuento lo habían sacado cuatro o cinco hombres jóvenes de debajo de la moto; a él, los mismos cuatro o cinco hombres, también jóvenes, aunque no precisamente para ayudarlo, lo habían sacado a culatazos de su auto. De repente se le vino la idea que si alguna vez salía o despertaba de todo aquello, podría también él escribir su pequeña y particular noche boca arriba. Como epígrafe podría poner: *"Y salían en ciertas épocas a cazar humanoides; la llamaban la guerra sucia".* No se sorprendió para nada de la facilidad con que parodió el epígrafe del cuento; incluso, muy dentro de su pensamiento, esbozó la mueca de una sonrisa. Y es que las semejanzas de su situación con la del personaje del texto casi lo divertían. A él también lo habían tenido en una pieza con olor a guerra; también le habían quitado la ropa (aunque no para vestirlo con una túnica dura y grisácea, como al personaje, sino para dejarlo humillantemente desnudo); igual después lo habían pasado a una sala que podría llamarse de operaciones y, aunque no lo estaquearon en el suelo, en un piso de laja helado y húmedo, lo ataron sin embargo a una parrilla que...

Se dio cuenta de golpe que ya no sentía la parrilla.

¡A lo mejor es porque ya no estoy atado a ella!, pensó. No había terminado de pensarlo cuando su corazón dio un vuelco de alegría: una frialdad metálica, comenzó a recorrerle el pecho a saltitos, su agitado pecho sudoroso. Parecía increíble, pero, sí, no había dudas, era un estetoscopio. ¡Un estetoscopio! Reconoció de inmediato que se trataba del instrumento médico porque era el mismo contacto frío que lo hacía estremecer de delicia cuando él era niño, cuando el anciano doctor de la familia lo auscultaba y, para entretenerlo, le conversaba seriamente, como a una persona grande. ¡Era un estetoscopio, claro! ¡Y por ende se encontraba en un hospital! Y aunque lo envolvía la oscuridad más absoluta, se dijo que no era por la capucha sino simplemente que, por efecto de la anestesia o algo así, no podía aún abrir los ojos. Empezó a imaginar claramente el cielo raso protector de la sala del hospital y, en la mesita de luz, al alcance de la mano, igual de bella que en el cuento, la botella del agua mineral. Sólo faltaba que llegara ese maravilloso caldo de oro oliendo a puerro, a apio, a perejil, como Cortázar describía tan apetitosa y mágicamente en su cuento.

Y, entonces, cuando la salida a la noche del hospital ya le era definitiva, el estetoscopio dejó de darle saltitos en el pecho y la voz del que debía ser el médico lo sacó de golpe a la terrible noche con luna menguante, a la escalinata, a las hogueras, a las rojas columnas de humo perfumado, a la piedra roja, brillante de sangre —y la imagen del anciano doctor de su infancia se le transformó en la figura ensangrentada del sacrificador del cuento, con el cuchillo de piedra en la mano—, cuando oyó dictaminar, impávido:

—A éste le pueden seguir dando.

EL TRISTÍSIMO FINAL DE LOS
TRES TRISTES TIGRES

Uno cayó abatido en lo sangriento de la cacería. El otro dicen que se muere de nostalgia desterrado en el zoo abierto de un país helado. Y el tercero —de los tres el más triste—, con sus zarpas extirpadas y sus rayas convertidas en simple pintura de payaso, sobrevive en la pista de este horroroso circo, obligado a hacer gracias en el mismo degradante taburete de los perros y las focas amaestradas. Entiéndase bien: bajo el restallar del látigo, pasado es diariamente por el aro.

POBRECITO EL VERDUGO

Cuando el verdugo, condescendiente, le encendió el último cigarrillo al condenado, lo hizo sin percatarse –era un verdugo recién asumido– de que en verdad era el cigarrillo quien comenzaba a fumarse al condenado; y que era éste, ya dado a su suerte, el que se iba haciendo humo y ceniza a cada lenta pitada.

Y he aquí que el verdugo no supo –pobrecito el verdugo– que en realidad fue a un cigarrillo a quien terminó cortándole la cabeza. A un cigarrill

o.

RÉQUIEM PARA UN PERSEGUIDOR

Debo comenzar diciendo que al principio, cuando movido por quién sabe qué carambolas extrañas me diera por observarme, creí ingenuamente haber dado con algo que no pasaría más allá de ser sólo un eventual pasatiempo. Por lo tanto, tomándolo como tal, me contentaba con practicarlo nada más que en mis días libres y en momentos bien determinados (a la hora del crepúsculo comúnmente y muy por rabillo del ojo). Y es que de ninguna manera era cuestión, pensaba yo en ese entonces, de que el jueguito me fuera a significar demasiado desgaste físico, claro, ni del otro. Pero a medida que fui tomando vuelo, y con ello descubriéndome cosas que ni siquiera sospechaba, sorprendiéndome en actitudes que para un nuevo en tales asuntos resultaban de lo más intrigantes −por ejemplo, contemplar tuberculosamente la luna llena mientras orinaba en la llanta de un lujoso automóvil ajeno–, vine en ponerme un poquito más de atención, llegando incluso –en algunos casos que creí de suyo interesantes– a garrapatear un par de rápidas e incoherentes notas, pero de manera tan irresponsable aún que nunca llegaba a saber bien en dónde las perdía. Después, y como las dudas se me fueron haciendo cada vez más fuertes y más insoslayables las contradicciones –ahora de pronto solía sorprenderme despichando en la luna mientras contemplaba embelesado un espeluznante *wolkswagen* azul cobalto–, me hice, así como sin querer, de una primorosa libretita *ad hoc,* de tapas negras y rayas anchas, y con ella en ristre comencé a marcarme mucho más al hueso. Llegando a sacrificar incluso mi sagrada hora de siesta, agazapado detrás de unas gafas oscuras, o simulando leer un diario, me pasaba tardes enteras sin quitarme el ojo de encima. Y así, gradualmente, casi sin darme cuenta, me fui acosando más y más horas del día, de todos los días. Perro de presa de mí mismo, ostentando un descuello insolente, me seguía a sol y a sombra pisándome casi los talones. Olfateaba mis meadas en los postes, estudiaba mis huellas en el barro, mis pelos en la sopa; desmenuzaba y examinaba lupa en mano hasta la más infeliz mosca renegreando en mi leche. No pudiendo alzar un dedo sin parecerme sospechoso, ni dejar de alzarlo sin provocarme conjeturas, llegué en un momento a no tener ningún empacho en violar mi correspondencia, ninguna clase de escrúpulo en intervenir mis pensamientos, vacilación alguna en grabar,

y luego tratar de descifrar, mis más impúdicas inter-
jecciones balbucidas en sueños.

De igual forma, sin la menor consideración y en
plena vía pública, no tomándome la molestia ni siquiera de identificarme, venía en interrogar y apre-
miar físicamente a todo aquel —ebrio, niño o idiota—
que tuviera la mala ocurrencia de pararse a conversar
conmigo en la calle. Desfondando mis puertas a pata-
das, me daba por allanarme en los momentos más inverosímiles. A veces, en mitad de la noche, irrumpía
en pleno coito, me quedaba un rato mirándome burlón en tan grotescas posiciones y, luego, ante el desconcierto de la dejada a medio galopar, me hacía levantar de un salto y procedía a un feroz registro. Con
la corazonada siempre de hallar "ahora sí" no sabía
bien qué misteriosos mensajes cifrados, rasgaba sin
misericordia mis colchones, violentaba mis libros,
abría y vaciaba desaforado cada cajón, cada cofre, cada
ostra cerrada con llave; me deba vuelta bolsillos y pre-
pucio. En algunas de estas ocasiones, viendo que los
resultados de mis pesquisas no me estaban haciendo
digno de ninguna medalla al mérito (después de haber tratado incluso de inculparme deslizando entre
mis papeles manifiestos y proclamas que nada tenían
que ver conmigo) y enteramente convencido de que
no era, de que no podía ser tan inocente, de que en
verdad estaba tratando con un tipo que se las traía, en
alguna de estas ocasiones, digo, al borde mismo de la
locura, me agarraba del pelo y me daba frenéticamente
contra las paredes. Pasando a llevarme todo por delante, me arrastraba luego enceguecido hacia la sala

de baño —siempre a la sala de baño—. Allí, haciéndo-
me sentir más miserable que un insecto, me arrinco-
naba a golpes contra el impávido color blanco de los
azulejos, extraía un parsimoniosamente cruel cigarrillo, lo encendía como quien hace percutir un revólver
y expulsando el humo en forma amenazante me apun-
taba a la sien. "Canta, hijo de puta", me decía. "Canta
o te desparramo los sesos". Y a veces, claro, cómo no,
terminaba por inspirarme y cantaba. Seguro que cantaba. Y era todo un gusto como lo hacía. Pero eso no
era todo, porque no por mucho cantar dejaba de pre-
sionarme, de apremiarme, de acuciarme hasta casi lo
obsesivo. Dándome duro con un palo y duro también
con una soga, me exigía cada vez "más alto, cabrón";
"más claro, pendejo"; "más afinado, bastardito de mierda". O en mitad de una sesión, luego de haberme su-
mergido hasta la náusea en mis propias inmundicias,
me susurraba afectadamente al oído frases como: "Te
estás repitiendo, cariñito" o "Eso ya lo cantó Gardel,
ricurita". Hasta que por fin, como suele ocurrir siempre en tales casos, terminé por llevar a cabo mi ya
inminente secuestro. Encerrado de una vez por todas
en uno de esos temibles recintos secretos, hundido en
la más oscura de las mazmorras y a completa merced
de mis desvaríos, me di de lleno a la tarea de torturar-
me ahora en forma ya más acabada, a fusilarme rigurosamente en cada amanecer. Y aunque de esta manera he logrado llenar un par de libretitas con declara-
ciones más o menos reveladoras, heme aquí terrible-
mente solo frente a mis despojos, contemplando impotente cómo me voy yendo de entre mis manos sin

haber logrado en verdad acusarme de nada serio, sin poder hacer ya más (ni tan siquiera ensayar el abominable recurso del torturador bueno), sólo cavilar patético –verdugo sin Ley de Amnistía– si entregarme en un ataúd sellado o simplemente hacerme desaparecer.

JUGANDO EN EL BOSQUE

¿Te acuerdas cuando jugábamos en el bosque mientras el lobo de turno afilaba sus colmillos en la pieza vecina? Éramos unas felices ovejas aún no esquiladas y no sabíamos —tan corderos éramos— que, si hay bosque, la gracia del juego es hacer rondas no mientras el lobo no está, sino cuando está.

—Lobo, ¿estás?

PRESUNTA CHANZA DE UN PRESUNTO TORTURADOR PRESUNTAMENTE GRACIOSO

"Los más lindos alaridos no les salían cuando, presuntamente, les arrancábamos las uñas, sino después, cuando semidormidos en las mazmorras de los presuntos lugares secretos de detención, los presuntos torturados trataban de matar las presuntas pulgas".

EL EVANGELIO SEGÚN EL LOCO SANTANA

Que uno de mis discípulos sea capaz de traicionarme sin asco por un turro de monedas, y que los demás se me queden dormidos en el huerto ese de Getsemaní justo en mi hora más peliaguda, y que para más remate venga después el más yunta de todos y me niegue tres veces al hilo, vaya y pase, padre, lo acepto.

Que una vez detenido por los soldados deba dejar tranquilamente que me den de azotes, que me disfracen de rey (yo sé que el Comegatos me chantará la coronita sin ninguna fijación) y que luego me injurien, me escupan, me puncteen las costillas con un palo y me agarren para el fideo con eso de "Salve, Rey de los Judíos", y que a todo esto yo no deba decir esta boca es mía, vaya y pase también, padre.

Que después, con esa facha de loco me exhiban ante la turbamulta junto a Barrabás, y que la turbamulta, olvidándose que fui yo el que hizo ver a sus ciegos, el que limpió las llagas de sus leprosos, el que resucitó a sus muertos, olvidándose de todo prefieran al pato malo ese y comiencen a gritar como locos que me crucifiquen, que me crucifiquen, sin que yo pueda mover un dedo para mostrarle mi desprecio, también lo acepto, padre (aunque sería lindo darse el gusto y hacerles un gesto obsceno con el dedo, a la manera de los futbolistas argentinos).

Es más, padre, estoy dispuesto a que sea don Nono, el papá de la morenaza que está haciendo el papel de María Magdalena —o sea mi futuro suegro—, el que haga el papel de Pilatos y me entregue en manos de mis verdugos. Aunque podría ser de mal agüero, digo yo, estoy dispuesto a correr el riesgo.

Pero quiere que le diga algo, padre. Yo creo que don Nono no funca con el personaje. Es que para lavarse las manos y quedarse tan piola como lo hizo el Pilatos ese, hay que ser bien patevaca para sus cosas. Y don Nono, pues, padre, con esa carita de chanchito obediente que se gasta...

Bueno, y como le iba diciendo, además de todo eso, padre, como si fuera poco, estoy dispuesto también a cargar por las calles ese pedacito de cruz que se mandaron los exagerados de la construcción, y dejar que me cuelguen de ella como a un carnal corte de vacuno, mientras unos soldados langucientos se juegan mi vestimenta a los dados como si se tratara de vulgar ropa americana.

Ahora, padre, si usted dice que está escrito, y que una vez clavado allá arriba, ya agonizante, deba recitar aquello de "Perdónalos, padre, porque no saben lo que hacen", le juro que lo recito. Así peque de ingenuo, así quede de gil ante la gallada, por Dios que lo recito. Aunque permítame decirle, padre, que los verdugos han sabido siempre lo que hacen.

Y, por último, si para darle más color, más veracidad al asunto, si para lograr ese toque de realismo escénico que le llaman, si para hacerlo mejor que el cristito pililiento del año pasado, es necesario empapar la esponja en vinagre de verdad y dármela a beber, no tienen por qué urgirse, padre: peores vinos he tomado en mi vida.

Pero lo que no va conmigo, lo que no podría aguantar bajo ningún punto de vista, es que después de toda esa barraca, de todo ese aporreo tremendo, después de mandarme hasta el conchito y sin chistar todo ese "amargo cáliz", como usted lo llama, padre; que después de pasarme tres días entre los muertos –tres días y tres noches enteritos en el patio de los callados–, al resucitar y presentarme ante mis apóstoles, venga un pelagatos escéptico y con el cuento ese de "ver para creer" pretenda meter sus dedos en mis pobres llagas. Yo no sé cómo Nuestro Señor le pudo aguantar semejante pendejada (perdonando la expresión, padre) al Santo Tomás ese. Lo que es yo, no pienso; eso sí que no, padrecito.

Menos todavía tratándose del casposo ese que está haciendo el papel de Santo Tomás, que ni siquiera es de la población, y que todos saben que se viene a meter a los ensayos nada más porque se me quiere hacer el lindo con la María Magdalena. Por eso, por el bien de la velada de Semana Santa, padre, mejor dígale al tiñoso ese que no se me acerque mucho en el proscenio. Yo no respondo de mí.

IV

LA ALBINA DEL OFICIO

Todos los del oficio tenemos una albina propia, una albina que nos sigue y nos pena. Y todos hemos tenido que hacernos de algún método –originalísimos unos; otros más bien convencionales– para mantenerla a raya. O por lo menos hacer más cortas sus intempestivas visitas.

Al principio es cosa fácil deshacerse de ella; y se podría decir que hasta resulta divertido hacerlo. Es más, advertidos de su existencia por los testimonios, en algunos casos dramáticos, de colegas antiguos en el oficio (el oficio no lo voy a nombrar, pues aunque lo hiciera resultaría igual de ambiguo para los legos oídos), aguardamos con una especie de morbosa curiosidad su primera aparición.

En mi caso particular ésta se produjo una tarde de otoño en que, abstraído junto a la ventana de mi taller, me empeñaba en reparar una nube color de buey que, atravesada en mitad del paisaje, no quería avanzar (esto no significa que el oficio sea el de mecánico de nubes ni mucho menos; pero tampoco quiere decir que no lo sea). Cuando me percaté de su presencia, ella ya había traspuesto las rejas de mi jardín y apoyada en el tronco de un aromo me miraba con un mohín entre burlón y zalamero. Desconcertado, me quedé un rato sin saber qué hacer. La tersa blancura de su piel transparentada al trasluz de su también albísima saya resultaba dulcemente adormecedora. Cuando me sonrió, el destello de sus dientes inmaculados me hizo cerrar los ojos lo mismo que cuando nos dan el reflejo del sol con una loncha de espejo. Luego, habituadas mis pupilas a su albor encandilante, nos quedamos mirando por todo el tiempo que dura la sensación de asombro ante una visión extraña. Ella sin pestañear, yo tratando a duras penas de sostenerle la mirada.

Tras un rato de estudiarla, satisfecha ya mi curiosidad, fue asunto de niños deshacerse de ella: bastó que le hiciera un gesto obsceno con la mano a través de los cristales para que se echara a correr perseguida por la nube —esa color de buey— que como por arte de magia comenzó a avanzar por el paisaje sin ninguna clase de problema. Por supuesto que me llevó un buen tiempo darme cuenta de que no fue la zafiedad del gesto lo que horrorizó a "Blancamusa" —como, sin ningún asomo de originalidad, comencé a llamarla—, sino que había sido el sortilegio negro de mis uñas sin limpiar.

Este episodio se repitió un par de veces con algunas ligeras variantes. Después, pasado un corto período, ya un tanto envanecido de mis facultades de exorcista, fui dejando temerariamente que la albina se acercara cada vez más. A veces, con una leve sonrisita de provocación, la desafiaba a acercarse hasta los vidrios mismos de mis ventanales: su hálito polar los dejaba como recién nevados.

Un lunes a la hora de la siesta me dio por abrirle la ventana para ver qué hacía la albina: sólo me observó un rato inquieta, aunque sin acercarse mucho. Otra vez la invité a que se sentara en el alféizar de la ventana; otra, hasta le ofrecí un cigarrillo. De ese modo, casi sin darme cuenta, la albina se fue tomando libertades de novia demasiado insinuante. Acomodada con estudiada negligencia en el marco de la ventana, dejando ver buena parte de sus muslos lechosos, cuando no me hacía argollitas de humo me soplaba motitas de algodón o me lanzaba migas de unos dulces como de nieve que extraía desde el escote de su saya vaporosa.

Algunas tardes de abulia estival, y nada más por antojo de artista engreído, la enarbolaba alegremente por la cintura y la metía a mi taller. Con afectadas reverencias y galanuras de caballero chapado a la antigua, le ofrecía asiento en el más mullido de mis sofás, luego me acomodaba zalameramente a su lado y retozaba con ella horas y horas acariciando su sedosa cabellera de bruja. La albina se dejaba hacer melindrosa y amante. Lo que más le gustaba en aquellas ocasiones (en verdad la volvía loca) era que yo, al abrazarla, mientras le acariciaba el pelo con una mano, con el índice de la otra le fuera haciendo dibujitos y rayitas sin sentido en la blancura de su espalda. A contar por sus espasmos y risitas ahogadas, aquello le era de una delicia insoportable.

En dichas ocasiones, cuando ya estábamos en lo mejor de la fiesta y ella se creía la mujer más amada del mundo, de pronto, como quien no quiere la cosa, me ponía de pie y le ofrecía leche helada (ella sólo bebe leche helada). Pero antes de pasarle el vaso le dejaba caer disimuladamente una de mis famosas mosquitas de broma en la leche. Como una vampira humillada ante la sombra de un crucifijo, la muy escrupulosa lanzaba lejos el vaso, se incorporaba de un salto y, fulgurantes de rabia sus ojos rosados, sin decir palabra, se mandaba a mudar de mi casa y de mi vista y no volvía a aparecer por un larguísimo período. Antes de salir, desde la puerta, se levantaba las polleras y, en un gesto de pueril desprecio, me mostraba su deslumbrante trasero de albina. Muerto de risa, yo recogía los añicos del vaso, limpiaba los restos de leche derramada y me sentaba a proseguir mi interrrumpido trabajo, trabajo que bien podría haber sido la construcción de la maqueta de una basílica lunar o el cocimiento de unas canicas de barro (no quiero decir con esto que la profesión tenga que ver con la arquitectura o la juguetería; o tal vez sí, y mucho).

Recuerdo perfectamente bien la noche de verano en que, en un arrebato de impúdica audacia, me la llevé a la cama. Era sábado. Por la ventana entreabierta, y en oleadas de brisa cálida, me llegaba el mundanal ruido de una ciudad en fiesta. Yo llevaba varios

días encorvado aleando metales para una joya que —
esto me tenía desanimado— quizás nadie iba a lucir
(no somos ni joyeros ni alquimistas; aunque hay algunos colegas que van por la vida asegurando que eso es
lo que somos). En el momento en que me afanaba fe-
brilmente en engastar una piedra preciosa, muy difícil de trabajar, apareció ella más radiante que nunca.
Entró por la ventana y, riendo lascivamente, me arre-
bató la gema de las manos. Yo, exhausto, no le dije
nada; nada hice porque se fuera, sólo me limité a des-
nudarla de dos zarpazos y a meterla en brazos al dormitorio.

Pasamos tres días sin levantarnos; sólo nos bajába-
mos de la cama para ir al baño o para volvernos a ten-
der en el sofá o revolcarnos en la alfombra. Al segundo día, ella comenzó a sentirse con atribuciones poco
menos que de señora de la casa. Desde la cama empezó a sugerir pequeñas modificaciones en el decorado.
Las plantas de interiores —las naturales— no le agrada-
ban; las prefería artificiales; que eran más profilácticas,
decía.

El tercer día, al despertar, entre los vapores del
letargo eché de menos mis acuarelas y mis aguafuertes.
La albina los había cambiado por cuadros totalmente
en blanco. Trató (y por un momento casi lo consiguió,
lo confieso) de convencerme, con argumentos de es-
pecialista en el rubro, de que esos cuadros en blanco
representaban el último *ismo* en el arte pictórico, el
último gesto de la moda (no dijo ni grito ni alarido,
dijo *gesto* de la moda). Yo callé y otorgué.

Pero cuando descubrí que bajo el embeleso diabólico de sus pestañas níveas hasta mis gallinas más coloradas sólo estaban poniendo huevos blancos (ni uno solo de color), caí en la cuenta de que a la princesa se le estaba pasando la mano, y que a mí se me estaba quedando. Pero aún entonces me fue fácil deshacerme de ella; bastó nada más con desnudarme en sus narices y restregarle por la cara uno de mis más recónditos lunares, uno gordo y negro como el alquitrán. Salió huyendo como gata a la que le han dejado caer agua caliente.

Sin embargo, esta facilidad para deshacerme de ella fue deviniendo cada vez más en verdaderas batallas de conjuros, en algo sumamente complicado. Y es que ocurre —por suerte lo supe a tiempo— que, como las cucarachas, esta sílfide empolvada va creando sus propios anticuerpos. Que a la larga las mosquitas de alquitrán, las alabardas negras de las uñas, los verrugones y lunares más oscuros ya no bastan para espantarla, y hay que echar mano a exorcismos mucho más fuertes. Algunos colegas de los más vehementes aconsejan métodos tan misteriosos y exóticos como, por ejemplo: vestidos completamente de negro, quemar un gato negro en un círculo de cirios negros en una cabalística noche negra; *vade retro* que, según susurran verecundos los esotéricos, conseguiría alejar a la vampira blanca por unas cuantas lunas.

Pero testimonios hay por montones de compañeros de oficio que han sucumbido sin remedio al maleficio de la maligna. Que han despertado una mañana, cuentan, y se han encontrado con ella en total posesión de la casa, cuyas paredes ha limpiado hasta la exacerbación y blanqueado enteramente a la cal. Y no sólo eso, sino que la maniática también les ha velado los espejos, les ha congelado los acuarios y, en un gesto de crueldad exquisito, les ha lamido los peces de colores hasta dejarlos enteramente albinos.

Que completamente desnuda, cuentan sus víctimas entre sollozos, bailando lo blanco con sus pasitos de bailarina inválida, heladísima de halo, ya instalada para siempre en la casa, la morbosa se lleva de la mañana a la noche ofreciéndoles cubitos de hielo con la boca y congelándoles el alma con sus helados orgasmos estériles. Todo esto en aposentos rigurosamente esterilizados, en los cuales no se halla un solo pelo en las sábanas, una sola cagarruta de mosca en las paredes de salitre. Y que de nada valen las gafas ahumadas, sollozan con la cabeza entre las manos los pávidos, que los párpados de nada sirven, porque todo se vuelve esclerótica bajo su alud insomne, bajo su voluptuosa marea blanca. Y que no conforme con esto, en un alarde de perversidad pura, antes de irse a dormir, la albina se acerca contoneándose a la ventana y de una sola mirada borra las manchas de la luna —afuera los lobos enceguecen y los cuervos dormidos encanecen de súbito—. Gloriosamente pálida, entonces, conteniendo apenas los espasmos de su orgasmo de nieve, se acerca en puntillas hasta el lecho del durmiente y le sube la sábana a la cara.

Algunos de estos desdichados han asumido tan fatalmente su derrota que han llegado al hecho, siempre impresionante, de descerrajarse un tiro en la boca o vaciarse las venas con la liviandad horrenda de quien deja correr la llave del agua. Otros, con la cara arrebatada de un llanto arcangélico, no han visto otro destino que entrar caminando al mar, y lo hacen sin pensarlo dos veces, con la actitud piadosa de quien entra a una líquida catedral de vitrales verdes.

Y están además —y son una triste mayoría— los que tratando de ocultar su descalabro a los ojos de sus colegas, le ciñen peluca negra a la pálida, le pintan grotescos lunares de artificio y salen con ella a la calle muy sueltos de cuerpo. Si alguien los descubre y les pregunta, se hacen los sorprendidos, carraspean su tosecita grave y, haciendo ridículos guiños de complicidad, proceden a presentarla sólo como a una circunstancial amiga. Mas, por debajo de sus grandes gafas oscuras, uno adivina los ojos hueros de los que han sido hechizados sin vuelta por esta medusa de nieve. Algunos de éstos, más pusilánimes, se hacen los mártires y se enclaustran en torres de marfil y otros recintos inaccesibles y pretenden convencer a sus restringidos visitantes —y convencerse a sí mismos— con el ingenuo cuento de que solamente han invitado a la maligna a pasar unas cortas vacaciones a su lado. Pero la huella de un anillo en el dedo del corazón —símbolo claro de su fatal matrimonio— los delata con crueldad.

Sin embargo, los más insoportables de todos son aquellos que se jactan a voz en cuello de haber desposado voluntariamente a la albina. Y lo declaran fumando orondamente en mesas de bares y cafés. Pero mientras se les oye pontificar sobre las ventajas de tener como esposa a tan adorable ser, nadie puede dejar de mirar la cadenita de perro faldero con que la escrupulosa cónyuge los mantiene a raya. Si su matrimonio es un hecho innegable, no lo es menos que éste es completamente involuntario: la cadena salta demasiado a la vista.

Y es que entre nosotros, los del oficio, los casos de enlace por voluntad propia con esta meretriz blanca son escasísimos. Yo personalmente sólo he oído de uno. Sin embargo, para emular la hazaña de este verdadero prócer del oficio, primero habría que hacer la gracia de pasar una temporada en el infierno; viajecito que todos nosotros, con nuestras más buenas intenciones (entiéndase precarias condiciones), soñamos poder realizar alguna vez en nuestras vidas. Y esto no significa que nuestro oficio sea el de empedrador de caminos al infierno o algo parecido. Aunque tal vez... quizás... quién sabe.

VIEJA COSTURA

Es buena cosa acordarse de vez en cuando de los trajes que dejaron los muertos. Desdoblarlos amablemente, respetuosamente desempolvarlos, limpiarlos de orín y moho. Así más no sea por un rato, es bueno sacarlos al sol e impregnarse de ese aire rancio y majestuoso que guardan algunas prendas, de ese gesto de armaduras hidalgamente abolladas de embestir espejismos, de sufrir descalabros. Aunque los muertos –ya se sabe– siempre fueron más grandes, no es nada malo probarse sus trapos. Admirar encajes y corrugados, costuras y telas; refocilarse del colorido extravagante de su plumaje o de la perfección formal de sus bordados. Constatar magnánimemente, en cuellos y puños, que ellos igual sudaban; que también solían perder sus botones y que los zurcidos de sus desgarraduras no son del todo invisibles. Comprender hasta dónde, pese a la santidad de mantos sagrados que les ha otorgado el tiempo, esa mancha en sus costados es sangre común y corriente. Y por sobre todo maravillarse, maravillarse de descubrir que las migas en los bolsillos de aquel frac sebiento de humanidad pura, no son ni más ni menos que las propias migas del pan nuestro (y que es muy buena cosa).

POR DIOS NO ABRA LA MANO

Yo digo que lo mejor es hacerlo en una mesa. Aunque un escritorio también sirve, o un velador, o un púlpito. Claro que hay quienes lo pueden hacer sin problemas sobre sus propias rodillas. Incluso se sabe de algunos virtuosos que poseen la pasmosa facilidad de ejecutarlo en el aire. Pero yo insisto en lo de la mesa. Y más aun, en la del comedor de diario. Y si fuera posible, cubierta con un mantel de hule, a cuadros.

Se inicia la operación despejando el área de todo obstáculo a la vista, llámese jarrón, lámpara, florero, etc. Preparado el terreno se pone la carnada justo en el cuadradito donde, apoyado el codo al borde de la cubierta, le alcance la mano. Con esto queda explícito que lo del mantel cuadriculado no es ningún capricho ni mucho menos.

Dispuesta ya la carnada, que puede ser un cristalito de azúcar, una triza de boñiga de ángel o una gota de nuestra propia sangre, se arrima una silla y se sienta a esperar como si nada. En tanto, por aquello de que el que espera desespera, se recomienda pensar (no divagar) en algo que guarde relación, aunque difusamente, con el asunto que nos ocupa. Se podría pensar, por ejemplo –digo yo– en un lunar bamboleándose impúdico en el glúteo de una bailarina o en el sustantivo propio *Li Po,* o en las miríadas de ángeles que caben en un *microchips.* Todo esto sin quitarle el ojo al cuadradito en donde blanquea, hiede o coagula el sebo.

Si resulta que se está en el día de suerte y, de pronto, se ve, se siente o se presiente que la presa se acerca, que ya está, que comienza a descender, entonces, sin pensar en nada, hay que quedarse quieto, no pestañear, no respirar.

Convertido casi en un ánima, sin siquiera girar las pupilas, obsérvesela maliciosa sobrevolar el manjar –hacer parábolas, ejecutar acrobacias, realizar suspicaces maniobras, falsos descensos– hasta que rápida como rayo, centelleante como centella –sin más ni más– venga a posarse justo sobre el señuelo.

Ahuecada en forma de garra comiéncese entonces a desplazar lentamente la mano, muy lentamente; si se es derecho, por el flanco derecho; si se es zurdo, etcétera. Recuérdese que ésta es la parte más difícil de la operación, la más peliaguda; cualquier apresuramiento, la más leve torpeza y se va todo al diablo.

Cuando la mano —zarpa, red, arpón— se halle a la distancia de un jeme de la refocilada, párese el bombeo del corazón, deténganse las maquinarias del cerebro y, sin cerrar los ojos, dispárese el manotazo. ¡Dispare!

Ahora uno respira, se relaja, le vuelve el cuerpo al alma; con el puño levemente cerrado sale al claro de la selva, emerge a la superficie, remonta el vuelo. Siempre con la mano empuñada y tarareando algún estribillo alegremente idiota abre ventanas al día, saluda a una flor, besa una nube, la sopla, la sigue, la vuelve a besar.

Pero usted debe tener muy en cuenta que esta euforia durará más bien poco. La duda pronto comenzará a oscurecerlo. Se mirará el puño, ¿la habré cazado?, ¿no habré pestañeado a última hora? Se llevará la mano al oído, la agitará a la manera de los jugadores de dados. Tal vez no oirá nada. Entonces, para asegurarse, la querrá abrir un poquito. No lo haga. No la vaya abrir por nada ni por nadie. Porque ¿quién dice que, de haber fallado el manotazo, no haya recapturado al vuelo, y sin siquiera esperarlo, eso que traía empuñado al nacer? Y en el fondo, dígase lo que se diga, lo que se busca es eso, explícitamente eso.

INSPIRACIÓN EN LA PLAZA

Qué animal, hacerlo en plena plaza pública. Y en día domingo todavía, el bestia; con todas esas damas y ancianos paseando. Y esos angelitos de Dios, qué bruto. Qué irracional, madre mía, eyacular a una paloma, el salvaje, a una paloma.

¡Y a la más blanca el muy poeta!

POBRE PINTOR PORTUGUÉS

Silbo en boca, usted se dispone a abrir su flamante tarro de pintura celeste, ese esmalte que ha mantenido guardado por tanto tiempo en espera de un día propicio, un domingo semejante a éste, que de tan luminoso, piensa usted pleno de inspiración, está como para irse a pintar los escaños de una plaza pública, rodeado de gorriones y niños recién catequizados. Y aunque su sala de baño no es ninguna plaza ni nada parecido, usted se apronta, feliz, a poner manos a la obra. Pero he aquí que, de pronto, al destapar el galón (sellado), el silbo se le escapa de la jaula abierta de su boca y en su lugar brota una rotunda puteada: un espejeante líquido verde refleja su rostro sorprendido. En un movimiento brusco alza el galón a la altura de sus ojos: la etiqueta anuncia claramente celeste. Contrariado, se queda un rato sin saber qué hacer. Enciende entonces su primer cigarrillo. Más que fumarlo, lo medita. El verde no es un mal color (verde que te quiero verde) y a usted no le van a echar a perder el día así como así. "Que sea verde", se dice animoso, y aplasta la colilla con resolución. Y cuando, recobrado el silbo y recuperado el optimismo, viene en sumergir la brocha en el tarro y ésta sale chorreando un lindo color amarillo, se da cuenta de que decididamente algo no anda bien; de que la felicidad se le ha comenzado a descascarar como la vieja capa de pintura de un barco varado al sol. En medio de su desconcierto, y como para asegurarse de su estado mental, hunde de nuevo la brocha en el óleo: en una obscena risa de girasol, el amarillo vuelve a reírsele en la cara. Pero usted es un hombre testarudo, un tipo que no da fácilmente su brazo a torcer. "Estará de Dios", mascula con bronca. "Amarillo o cualquier maldito color, ¡pero ya!". Y rápidamente comienza a pintar. De manera febril, dando brochazos que más bien parecen desesperados manotones de náufragos, usted pinta, aunque las cabronas paredes se van tiñendo de un anémico tonito rosa, usted sigue pintando, usted, Pedro Pablo Pérez Pereira, pobre pintor portugués, con el pulso hecho trizas, sigue pintando, usted pinta hasta no dar más, hasta quedar exhausto en un rincón del baño, acurrucado detrás de una oleaginosa mirada de pordiosero, de perro ciego, en tanto las paredes, al comenzar a orearse, van retornando inexorablemente a su brumoso blanco de origen.

HISTORIA DE AMOR

"Ni más pequeña que una rosa ni más grande que la luna; el tamaño preciso para ser engastada en un soneto", así dice que se dijo la vez que la encontró. Que era la hora del mediodía, esa hora sonámbula de la pampa, y que ella, allí, como puesta con la mano, como esperándolo, descollando entre la blancura opaca de las otras, era el sonambulismo hecho piedra. ¡Si la hubiesen visto ustedes!, acota eufórico.

Que delicadamente, así como se tomaría una estrella recién nacida, cuenta que la tomó; que con su aliento y frotándola en su camisa como un niño a una manzana, procedió a limpiarla, a lustrarla, a hacerla brillar. Y se la llevó.

Que en su casa no hallaba dónde ponerla; tan poca cosa le parecían sus escaparates para su belleza pura,

sus anaqueles tan fríos, tan pobres sus repisas. Que e
tiempo pasaba y él pasaba la mayor parte del tiempo
contemplándola, admirándola, metaforizándola. "Burbuja mineral, luna de cuarzo", dice que le susurraba.
"Dentadura nevada, trueno frío", y que la cosmogonía
de imágenes poéticas memorizadas de sus viejos libros se le hacían insuficientes para celebrar su prodi-
giosa textura.

Y es que por el día era como una caracola, afirma
ya en franco delirio, y que un rumor y una frescura de
mares inéditos le traía. Que por las tardes, a la luz del
crepúsculo, se transfiguraba en algo así como la maqueta imposible de un palacio en llamas, y una felicidad de cuento, hasta entonces para él desconocida, le
embriagaba el espíritu.

Que otra luz por las noches no necesitaba, jura por
Diosito, sólo el resplandor sereno de su blancura de
astro.

Todo eso era para él su piedra. Todo eso y más. Y
que el tiempo seguía pasando sin poder hallar un sitio –fuente, jardín o altar– digno de ella.

Hasta que un día, termina contando con tristeza,
un intruso de visita en casa la vio, la tomó como si
cualquier cosa y, sopesándola en sus manos utilitarias,
sentenció indolente: "Ni más liviana que una rosa ni
más pesada que la luna; el peso exacto para ser usada
como pisapapel". Dice que lloró.

DEBUT

En un arranque de temeridad digno de todo loor, la desenfunda ufano, arrima una silla, levanta un pie y la apoya en el muslo. Luego de galantearla, como todos, comparándola al cuerpo de una mujer, solicita un trago, hurga en su repertorio y carraspea. Cumplido ya el ritual y pronto a la ejecución —los ojos cerrados y contenido el aliento— experimenta con agobio y en carne propia que, en verdad, otra cosa es con guitarra.

ESCRITORES TIPO COWBOY

Sus rituales y ceremonias los asemejan. Después de hacerse un pequeño cartel disparando a los patitos en las ferias de entretenciones, o de ganar una mención honrosa en algún concurso de tiro más o menos publicitado —de esos organizados comúnmente por los hacendados ricos de la región—, estos vaqueros de segunda —soñando su hora señalada— ya se sienten lo suficientemente preparados como para enfrentar su primer duelo a muerte, y por supuesto en la calle principal del pueblo.

Siguiendo entonces el ejemplo de los más famosos pistoleros de la comarca, lo primero que hacen es buscarse un *Kid,* uno que suene lo más fiero posible y que, además —pensando ya en su futura leyenda—, sea llamativo y fácil de recordar. Después cambian su pistola de agua por un revólver que haga más ruido y, siguiendo al pie de la letra las instrucciones de manuales y decálogos del pistolero perfecto, liman diligentemente el punto de mira y le dan una buena engrasada a la funda —esto último porque, según rezan los tales folletos, formaría parte de las mañas del oficio para lograr un *saque* más rápido—. Luego de esto se pasan un par de días frente al espejo ensayando frías miradas de acero, poses de tiro efectistas y preciosismos tales como hacer girar el arma en el índice, cambiarla de mano en el aire y otros por el estilo.

En el intertanto, para irse haciendo "cara conocida", se van por las tardes a recorrer los salones de moda vestidos completamente de negro y luciendo unos vistositos pañuelos de seda al cuello; pañuelos que, llegado el caso, usarán sin escrúpulo como embozo o bandera de rendición.

Tal y como han visto hacer a algunos de los buscados vivos o muertos, se aparecen por esos tugurios masticando un palito de fósforos y con unos cuantos tragos en el coleto. Entran al *saloon* haciendo batir fuerte las batientes y, tras una mirada de reconocimiento, una dura mirada en abanico, una que el mismísimo *Billy the Kid* envidiaría, se dirigen balanceándose arqueadamente hasta el mesón.

Al segundo o tercer whisky —comúnmente bolseado a una de las niñas del local—, y sin mediar provocación alguna, apartan de su sitio al músico y se suben sobre el piano. Parados sobre el instrumento, tratando de hacerse oír en medio del barullo reinante, comienzan a hablar con grandes ademanes de sus temerarios proyectos en mira (siempre se trata del atraco del siglo o de matar en un duelo al pistolero más famoso del oeste), de sus muy novedosas técnicas a emplear y de lo certero que serán en su disparo definitivo. "Entre ceja y ceja", afirman en un tonito que quiere ser grave, pero que lo traposo de sus lenguas lo vuelven patético. Acto seguido, sin decir agua va, desenfundan su artillería y en una desastrosa demostración de lo que será, según ellos, su histórico primer paso a la fama, comienzan a disparar frenéticos sobre botellas y ases de corazones. Todo esto ante los chillidos afectados de las pintadísimas chicas del local y la natural indiferencia de los parroquianos que siguen conversando tranquilamente de ganado y abigeato.

Al final, las alternativas de sus tan bullados lances resultan ser las mismas tantas veces repetidas por los tipos de su calaña. Caminan a la cita del mismo presuntuoso modo, se paran a la misma alevosa distancia y, cuidando de que los rayos del sol no le den en los ojos —el más caro consejo de los decálogos—, sacan antes de tiempo gatillando a tontas y a locas. Después se van al mejor *saloon* del pueblo, pagan una ronda, graban felices su primera muesca y corren a esperar los pasquines de mañana.

Y si llega a suceder que sus rostros no aparecen (casi siempre sucede), que ni siquiera sus nombres se mencionan, que ningún comisario se ha molestado en poner precio a sus cabezas, entonces, sintiéndose vagamente incomprendidos, o se encierran a llorar en

tregados de lleno al whisky, o se dedican al producti-
vo negocio de compra y venta de ganado, o –como
termina haciendo la mayoría de ellos– montando
lánguidamente en sus caballitos de palo se pierden
para siempre en la inmensidad de la llanura.

FIN

TARJETA DE VISITA

Ningún letrero prohíbe el paso a mis recintos. En ellos no hay perros ni muros injertados de botellas rotas. El pasto se puede pisar libremente, así como cortar flores u orinar detrás de los árboles —mariposas y matapiojos están ahí para cazarlos—. Además de no ser preciso venir vestido de oveja, ni soplar mucho para echar abajo mis puertas, se puede perfectamente llegar con las manos vacías, entrar con los pies sucios. Una vez adentro se puede tocar todo a regalado gusto: la calavera de los huesos cruzados sonriendo sobre el piano, de ningún modo significa peligro de nada. Ella es sólo el afable busto del dueño de casa —o sea el mío propio— que, junto con darles la bienvenida de rigor, los desafía seriamente (muy seriamente) a corresponder su sonrisa.

ALGO JAMÁS VISTO

Como todos los días —llueve o truene— levanto mi carpa, me cuelo por debajo, me siento en primera fila y doy comienzo a la función. Y como todos los días, luego de anunciarme como el mejor malabarista del mundo, termino con la pista sembrada de platos rotos. De hombre goma acabo hecho un barullo; de mago ilusionista, tras varios abracadabras, sin lograr sacarme del sombrero convertido siquiera en un mísero pichón; de payaso, bostezando de lo lindo con los mismos chistes y tortazos de siempre, y de domador de fieras (recién llegado del África), mordiéndome la testa a todo intento de meterla en mi hocico. Abochornado, sin haber conseguido arrancarme un infeliz aplauso, me anuncio rimbombante el número final. Desde lo alto del trapecio, sin red protectora —pobre

águila humana–, me veo venir guardabajo a la primera cabriola.

Y aunque después de esto debo dar por terminada
tan desastrosa actuación, no dejo de invitarme a la
función de mañana prometiéndome, iluso, como todos los días, ¡algo jamás visto!

CATALEJOS

Cansado de mirar la luna desde mi torre blanca, de estudiar el comportamiento de las palomas, de leer por sobre los hombros el periódico de encorvados viejos, vengo en hacer girar en ciento ochenta grados mi catalejos y qué es lo que veo: mi sombra que, hastiada de soportar —desde su torre negra— la pose de maniquí de la luna, de comprobar la imbecilidad de las palomas, de releer por sobre mis hombros las gastadas noticias del día, hace girar en ciento ochenta grados su antiguo catalejos.

APARICIÓN EN EL MERCADO PERSA

Entre artefactos que no funcionan, trastos oxidados como el mundo y rumas de cachivaches en desorden, el hombrecito del puesto 14 levanta una vieja máquina de coser y, no hallando mejor lugar, viene en ponerla justo en el sitio en que, al mismo tiempo, una joven de lentes deja su chorreante paraguas amarillo. El sitio en cuestión no es otro que la percudida cubierta de plástico de una loca mesa de operaciones.

La explosión que dicho encuentro provoca (el del paraguas y la máquina de coser sobre la mesa de operaciones), sólo a mí me es dado oírla esa mañana. Sólo yo quedo convertido en columna de uranio ante el resplandor que ilumina el cielo gris del mercado.

BLANCO, QUE TE QUIERO BLANCO

Jura solemnemente abjurar de las musas, colgar la pluma, hacer oído sordo a la hoja en blanco. Como a cosas del demonio, dice, les hará la cruz. Que será un gallo de veleta, una hormiguita de fábula, un cordero de Dios: un cuerdo de remate. Pero, por favor, que suspendan un momento los *electroshock,* le aflojen un poco la camisa de fuerza y le dejen sacar su mano diestra. Lo justo para rascarse la nariz, lo necesario para humedecer la punta de su Fáber, el tiempo preciso para garrapatear un verso —su último cigarrillo— al dorso irresistible de su hoja clínica. Es todo cuanto pide. Después, que le den un pito si quieren, una flauta de caña o una corneta de cartón, y dirigirá el tránsito, cazará ratones, o soplará y soplará animando cumpleaños de niños tarados simplemente.

V

PLEGARIA POR EL NUEVO RICO

De los oportunistas líbralo, Señor,
de los viejos amigos nunca antes vistos
de la exultante jauría de parientes lejanos que como
por encanto le irán apareciendo de norte y sur del país
    (los tíos del primo de un cuñado de su medio
hermano).

De las tenaces señoras de instituciones benéficas
protégelo
                            con tu sangre
de los mil vendedores de automóviles que caerán a su
diestra
y de los diez mil promotores de intangentes
                      (esos entes casi sublimes)
que se dejarán caer a su siniestra.

Si en plena borrachera en el boliche de la esquina
Tú lo iluminaste de tu gracia y le afirmaste el pulso
tembloroso
para que eligiera el cartón preciso.
O si en un arranque de sentimentalismo divino
                    —tú también los tienes, Señor—
le mostraste en sueños el número de los números
(y luego le diste la inspiración suficiente para que lo
jugara
                                        al revés)
Si fue tu mano sacra la que guió la mano de la guagüita
                    o la patita del minino regalón
para que se posara en ése y no en otro boleto de la
Lotería
Si fue por tu santa voluntad, Señor
            —casi digo tu infinito sentido del humor—
que el pobre se ganó solito esa porrada de millones
entonces ten misericordia de él.

Que la torta no se le vuelque sobre su propio rostro.

Mantén alejados de su casa a los limosneros profesio-
nales
                    —esos que usan la palabra *óvolo*—
a los sablistas joviales que cercenan sin dolor
y a los perdigüeños de cara lánguida que en intermi-
                                        nable.
procesión misérrima llegarán de rodillas hasta su casa
rogándole favores de animita milagrera.

Dale de tu fortaleza, Señor
            (revístelo de la dureza prehistórica de tu
cuero santo)
para que pueda resistir el tormento
de las toneladas de cartas que abrumarán su espíritu.
Pedidos que irán desde una muñeca de trapo *más que
sea* hasta
una cabañita en la playa prescrita por el médico
                —pasando por cosas tan inverosímiles
como un traje de viuda, una rueda de triciclo fletero
o pasajes para traer de vuelta al amante vagabundo
extraviado en los bares de puerto
de algún lejano país helado—.

No se le vaya a obnubilar la razón en complejos de
Santa Claus
Adviértele, Señor, que él no es ningún Rey Midas
                (que ni papá Rockefeller lo fue).

Guíalo siempre por el camino de la austeridad y la
prudencia.

Líbralo de la tentación del cheque en blanco
de las propinas exuberantes
de la arrogancia torpe de no preguntar por los precios
Tantéale el desprendimiento de su mano abierta
—que su derecha sepa siempre lo que da su izquierda—
Los pobres, tú también lo fuiste, Señor
suelen ser demasiado munificentes.

Aconséjale que se lo tome con calma
que se vaya despacito por las piedras.
Que no vaya a cambiar muy de sopetón la rayuela por
el golf
los causeos de patitas por el caviar
los incomparables boleros de amor de Lucho Barrios
por música que sólo lo hace imaginar catedrales de
aire y no le trae a la memoria ningún nombre de mujer.

Que está bien, que es comprensible que cambie su
modo de andar
que cambie de loción, de marca de cigarrillos
de raza de perro.
    Incluso que cambie la raya de su peinado
si le parece que le sienta mejor.
Pero palmotéale el hombro amistosamente, Señor
y dile que no sea desconsiderado
que no sea patevaca:
que no vaya a cambiar a la mujercita nublada de sus-
piros
que lo amó a pan y cebolla (al menos no muy luego).

Muéstrale que las rubias platinadas son fatales
que las mulatas de fuego llevan el diablo en el cuerpo
y que el noventa por ciento de las pelirrojas no lo son.

Que una danza del vientre no vale la caída de un imperio.

Que el auto que de todas maneras se va a comprar
no lo atiborre tanto de adornos y calcomanías
Que la casa nueva no sea muy grande
en donde en las noches no pueda hallar una ventana
con luna
y corra el riesgo de extraviar su propia sombra.

Procúrale amigos nuevos para que pueda usar su correo
electrónico
   (sin que por ello se olvide del cabro Felo,
del maestro Froilán y de la flaca Nancy).
Pero antes instrúyelo en el arte del buen anfitrión.
                            Dale roce social.
Enséñale a pronunciar correctamente anglicismos y
galicismos (hall - champagne - champignon - etc.).
Lo va a necesitar.

Consíguele un volumen del Manual de Carreño.
Aleccónalo en los puntos más elementales
   (tampoco se trata de volverlo un petimetre, claro).
En la manera de usar expeditamente los cubiertos por
ejemplo
(tú sabes, Señor, que él sólo usaba la cuchara grande
y, a veces, algún domingo, tenedor y cuchillo).

Y por sobre todo, por lo que más quieras
que no comience a vestirse como un turista norteame-
                             ricano
de farra en el carnaval de Río.

Que no ostente demasiado la hilacha, Señor.

Ilústralo sobre que el glorioso banderín del Colo
no va muy bien junto a un Matta o un Lira
                —así más no sean reproducciones—
y que el busto de Chopin o de Mozart —aunque
remanidos ambos—
dan mucho mejor tono sobre el piano que su vieja
imagen
de la Virgencita del Carmen moldeada en yeso.

Exímelo, en lo posible, de tales papelones, Señor
Los ricos de cuna —Tú lo sabes— pueden llegar a ser
muy crueles.

Y si por obra del diablo, estafas, despilfarro
malos negocios, socios inescrupulosos, etc. etc.
la torta se le volviera sal y agua
                      paja en el viento
migajas de un pan frío en sus bolsillos rotos
que lo tomado lo comido y lo bailado no se lo quite
nadie.
Que ningún hijo de mala leche se atreva a venir
a quitárselo. Eso sí que no, Señor.

Mas si ocurriere lo contrario.
Si por milagro lograse aumentar y consolidar su for-
                                    tuna.
           Si de millonario pasase a multimillonario.
Si se transformara en ese algo pálido y liso
que se conoce como "un rico"
y en calidad de tal exhalara su último suspiro
olvida entonces la hiperbólica sentencia

del camello y el ojo de la aguja
                    y porque la culpa no fue toda de él
déjalo entrar al Reino de los Cielos.

Cual un viejo portero de circo
        todo corazón ante un niño con cara de bueno
haz la vista gorda, Señor, y dale la pasada a tu Santo
Reino
Así más no sea por debajo de la carpa.

                                        Amén.

¿QUE VEINTE AÑOS NO ES NADA?

Don Jesús del Carmen Morales camina despreocupadamente hacia su casa. Al atravesar el parque, un hombre se le acerca tambaleante; trae un puñal hundido en el pecho. El moribundo le pide a don Jesús que por favor lo ayude, que le quite, por Dios, el acero que lo mata. Don Jesús —don Jechu para sus amigos—, conmovido, tira de la empuñadura y el hombre cae a sus pies, muerto. Justo en ese momento aparece la policía. Don Jesús en vano trata de explicar: el puñal en su mano, trémulo, saciado en sangre, lo acusa sin compasión. Don Jesús del Carmen Morales Morales, alias "don Jechu", edad 50 años, casado, cuatro hijos, sin prontuario policial, es detenido, enjuiciado y condenado a veinte años y un día de cárcel. La prisión es cosa dura. Él no está hecho para esos avatares. Adentro lo maltratan, lo humillan, lo vejan, no lo dejan vivir. Afuera todo el mundo lo abandona. Primero sus amigos, luego sus familiares, después su mujer; al final sus propios hijos. El trastorno es brutal. Varios intentos de suicidio empañan su hoja de conducta. Pero el tiempo transcurre y don Jesús —el tonto Jechu para sus compañeros de prisión—, aprende a conformarse, aprende a adaptarse, aprende a fabricar guitarras: aprende a sobrevivir. Y pasan los años; cinco, diez, quince, veinte años. Pasa el día y la condena se cumple; ya puede irse. Está libre. Don Jesús del Carmen llora. A estas alturas ya es un hombre acabado. Lo ha perdido todo, llora. Las rejas se abren, sale. Deambulando en la calle, de pronto, sin saber cómo, se halla nuevamente en el lugar del crimen. Recuerda todo como si recién hubiese acabado de ocurrir. Le parece que el tiempo no ha pasado. Ahora siente que le tocan el hombro. Es el mismo policía que lo detuvo y que ahora le sonríe. Don Jesús lo mira sin entender. No entiende nada. Entonces, el tipo del puñal en el corazón, que aún está tirado en el suelo, se levanta muy suelto de cuerpo y le pide que mire hacia allá y que sonría. "Usted ha sido protagonista de nuestro programa La Cámara Oculta", le dice triunfal. Don Jesús del Carmen Morales en un primer momento parece que va a protestar, pero luego mira hacia la cámara y sonríe; lastimosamente sonríe.

—¿Y a qué hora dan el programa? —pregunta bajito.

LA MUERTE SE DIVIERTE

No sin sentir una leve sensación en la boca del estómago, pero a la vez muy divertido, el Gordo se entera por el obituario de su propio y *"muy sensible falleci-miento"* (el alcance de nombre es completo). Y él, el alma del grupo, el que aprovecha siempre cualquier coyuntura para dar rienda suelta a su negro y famoso sentido del humor, por supuesto que no piensa desaprovechar esta oportunidad que le llega como caída del cielo. "O del mismísimo infierno", se acota eufórico.

Sin pensarlo dos veces, solazándose de antemano de la que podría llegar a ser su broma del año, procede jocosamente a medir su *fiambre,* llamar a pompas fúnebres y sonarse las narices. Luego acomoda las pocas sillas de su departamento de soltero, retira los pósters de mujeres desnudas y comienza a preparar su capilla ardiente, lamentándose con sorna que tan súbita muerte no le haya dado tiempo siquiera a pronunciar sus últimas palabras. Siempre ha soñado morir exclamando: ¡Mierda!

Una vez dispuesta su sala mortuoria –incluido el negro ataúd recortado al centro como un inquietante proscenio– y vestido ya rigurosamente para la función, siente ruido de pasos subiendo las escaleras. Adivinando que deben ser sus primeros amigos, extrae su inseparable espejito de bolsillo y ensaya su mejor cara de difunto. Luego procede a encender los cirios y afina en punta de pies los últimos detalles de su velatorio. Sintiendo que no podrá aguantar mucho tiempo la risa, se encarama jadeante sobre el féretro, trata de acomodar su humanidad lo mejor que puede y, al ladearse y sacar la mano para cerrar la tapa, siente que el cajón tambalea…

Los amigos en la puerta se miran y comprenden: claro, otra bromita del Gordo. Porque los muertos no producen tales estrépitos y, además, lo han oído clarito exclamar: ¡Mierda!

EL ÚLTIMO TIRONCITO

Siempre puso cuidado en no levantarse con el pie izquierdo, jamás se peinó en espejos trizados ni desplegó paraguas bajo techo; evitó siempre, a cualquier precio, pasar por debajo de escaleras o que cruzara su camino algún gato negro; además de llevar siempre consigo una pata de conejo, amén de adquirir toda clase de talismanes ponderados por pitonisas y charlatanes de ferias, nunca dejó de persignarse frente a cuanto santuario, animita o tótem se le puso por delante; dicho en pocas palabras: jamás le buscó el cuesco a la breva. Por lo tanto, y visto lo anterior, a estas alturas ya tiene muy en claro que si al próximo tironcito no se le abre el maldito paracaídas será, lisa y llanamente, pura mala cueva.

COLO-COLO CAMPEÓN

Colo-Colo, el club de nuestros amores, ha ganado una nueva estrella para el firmamento de su muy glorioso escudo. Y nosotros, colocolinos de tomo y lomo, nosotros que llevamos al indio en el corazón y que no hemos trepidado en llegar a las manos por defender su nombre; nosotros, que somos capaces de recitar la alineación completa —incluida la banca— de cualquier partido jugado en el país o en el extranjero; nosotros, los del último pliegue de la galería, incondicionales en las buenas y en las malas, nos apersonaremos a la directiva de nuestra querida institución a pedir —más bien a exigir— que se nos preste esta flamante estrella así más no sea por un solo fin de semana.

Para qué querrán estos locos una estrella, se preguntarán ustedes, los colocolinos de marquesina. Vayan anotando:

1. Para alumbrar el cuarto de la abuelita a la que le cortaron la luz.

2. Para adornar el velatorio de nuestro último angelito muerto de diarrea.

3. Para tapar las goteras.

4. Para cubrir el agujero de nuestros zapatos.

5. Para ponerla bajo la pata de la mesa, crónicamente coja.

6. Para hacerla hervir junto a los huesos de la semana pasada.

7. Para dejarla como garantía en el boliche de la esquina a cambio de la matinal y urgentísima caña.

8. Para pegarla como calcomanía en los letreros "NO HAY VACANTE" y así hacerlos un poco más amenos.

9. Para mostrársela al chofer del micro y, poniéndole la cara, rogarle: "Oiga, nos lleva por una estrella".

10. Para colgárnosla como un medallón en el pecho e irnos a pasear por las calles alegres, engatusando con su brillar olímpico a las putas más pintadas, las que, seguro, sensibles y amorosas como son ellas, caerán redonditas a nuestros brazos —y hasta puede que nos den una gratis—, porque al fin y al cabo ellas también son chilenas, y Colo-Colo es Chile ¿o no?

SALTOS DE CAMA

1. No sé qué es más calentador, si contemplarte cuando en dulce atolondramiento te desnudas, o cuando desnuda y campante, comienzas lenta y ondulantemente a vestirte.

2. Fue un placer, muchacha, un verdadero placer, pero rogaríate que a la próxima —así más no fuera por respeto a la profesión— tuvieras la delicadeza de hacerlo sin mascar chicle. Na-da-más-que-sin-mas-car-chicle.

3. Y yo que me enamoré de ella creyendo que era mozuela, pero tenía marido y amante. ¿Y yo por dónde?

4. Preferible, mujer de mala fama, ver tu nombre rayado en las paredes de ciertos lugares públicos —con ilustraciones alusivas y todo— que, perfumado de in-

cienso y en letras góticas, leerlo inalcanzable al pie de un altar.

5. Aquella noche le hice todo lo que debía, después la tipa me salió con que le debía todo lo que le hice.

6. No te abaniques tanto, mi ruciecita aburguesada, que la última vez que tu recuerdo, dejándose venir en puntillas por la espalda, me cerrara los ojos y me preguntara engreído: "Adivina quién soy", fue sólo por uno de nuestros orgasmos, y tu manía de mascar hielo, que te adiviné. Mañana, te lo aseguro, será sólo por tu manía de mascar hielo.

7. Perdona mi desconfianza, vida mía, este cuidado de no darte mucho la espalda ni cerrar los ojos cuando estoy contigo. Perdona que no me abandone ciegamente en tus brazos, que no apague la luz, que no eche el cerrojo. Perdona mi recelo, vida mía, vi(u)da negra mía.

8. Unas me olvidaron en el espaldar de algún catre. Otras, sin darse cuenta, me llevan pegado detrás de la oreja. Más de alguna —quisiera creerlo— aún hará globitos con mi recuerdo.

9. El peor error de mi vida fue haberme casado; el mejor acierto, haberlo hecho contigo.

LENTES OSCUROS / GAFAS AHUMADAS

ÉSE EN MANGAS de camisa es Brando Taberna; el del
fondo, el de la barba de cuatro días acerándole azul la
catadura, ¿lo ven? Exacto: el de anacrónicos lentes oscuros tipo dandy italiano años sesenta –¡o de operático
dictador sudamericano años setenta, claro!–. Fíjense
bien, caten al hombrón: parece un animal furioso, una
bestia acorralada en busca de un claro por donde huir,
un sendero por el cual aperfilarse y deslizarse rápido
hacia la salida, hacia las oxigenadas once de la mañana
de allá afuera (allá afuera el verano nortino frota su sol
de azufre contra las quemantes vidrieras del local).
Véanlo empinar su desgarbado metro ochenta, enar-
car el cogote no muy limpio que digamos y atisbar
por sobre las cabezas. Atorunado, a punto ya de co-
cear y bufar, está que embiste contra esa inesperada

aglomeración que, en semicírculo, taponea la salida de la estrecha nave y la convierte en sofocante baño a vapor. Pero no, él no va a embestir contra nadie. Se ve que el tipo es de los que tienen dominio sobre sí mismo. Además, una cosa: ahí donde lo ven, huraño y mal agestado, desaliñado si quieren, el individuo en cuestión es autor de un par de trípticos de poemas no muy malos del todo. Es más: a veces incluso hasta se baña. No, el no va a embestir contra nadie. Lo más que haría nuestro catingoso héroe de película chilena barata sería poner su más carísima faz de palo y cruzar por el centro mismo del ruedo hasta la vídrica puerta de salida. Pero eso tampoco va a suceder ¿Por qué? Simple. Porque a punto de tranquear el primer paso, de adelantar uno de sus yéticos bototos de milico, sus baratieris lentes oscuros —marcos de carey y vidrios sin marca— se han fijado de pronto en unas raybanescas gafas color canela que incognitizan —misteriorizan— el rostro aperfilado de una rubísima muñeca Barbie tamaño natural. Prometedoras le parecen las áureas gafas ahumadas, por eso sonríen, cachondos, sus frusleros lentes oscuros.

DE LAS PRIMERAS en el redondel, pisando la hipotética raya de tiza, la rubísima muñeca Barbie tamaño natural aguarda cultamente el inicio de la cultural ceremonia. Mohín divino en su carita de juguete caro, el tono del maquillaje potenciando su luminoso bronceado natural (según el manflorita de su maquillador), la muñeca Barbie sigue con célico arrobamiento todo el faranduleo que conlleva el acto de presentación de un libro. Por si algún corto de vista aún no la ha ubicado, es aquella: la de waldisneyca melena de leona lloviéndole dorada sobre la arquitectura gótica de su espalda. La de la boquita cuchuflí. La pimpante en su traje dos piezas tono pastel. La íngrima en medio del gentío –¿la semejante, en medio del calor, a un iceberg sólido, intacto, fulgente en su frescura?– ¡Bingo! Obsérvenla contemplar embelesada al hombrecito rodeado del compacto ruedo de admiradores (la crema de la intelectualidad local), venerar con la mirada al capitalísimo escritor, solazarse en su apostura de Autor Consagrado de las Letras Nacionales. Muñeca que además de decir *papi* y abrir y cerrar los ojos como pérfida hechicera, es también una amante de las Bellas Letras. Claro que sí. No os sorprendáis por lo tanto de su rendida admiración hacia el artista, de su rubor al verlo soportar –entrecruzadas bajo el abdomen sus buchonas manitos blancas– el ordinario calor de los nortes grandes. Calor acentuado hasta el bochorno por el más bien átono panegírico de presentación del que está siendo víctima en este instante el santiaguinísimo.

Las puertas de vidrio se han cerrado. Afuera se queden los gentiles, los alunados que no se enteraron a tiempo de tan egregia visita. Afuera los bocinazos furibundos, los voceos destemplados, las desinencias del mundanerío. La pequeña librería transformada en paraninfo de la celebridad, en el *Louvre* del arte. La librería elegida es la más vasta de las cuatro que existen en la ciudad (cómo serán las otras). Cuatro librerías para una ciudad que ya anda pololeando-amancebando-allegando a los trescientos mil habitantes. Una librería para setenta y cinco mil ciudadanos (0,00000133% de librería por nuca). Setenta y cinco mil ciudadanos para una sola librería que ni siquiera alberga la mitad de los volúmenes que la más pequeña de la Capital. "La Perla del Norte" —ya le oigo decir a nuestro locuaz visitante— no es ninguna *perla cultivada*. Ya lo leo escrito en su página de "El Mercurio". Ya lo veo diciéndolo en su *show* de la televisión. Pero basta de sandeces, terminemos de hacer cuentas tristes, el famoso autor metropolitano nos ha hecho el honor de venir a presentarnos su última obra y, asardinados tras los cristales, sudados hasta la sublimación, estamos a un tris de oírlo fablar en persona al connotadísimo.

HABRÁ QUE SUPONER que Brando Taberna no tenía idea de la ceremonia anunciada para las once de la mañana de este sábado canicular —el hábitat natural de Brando Taberna son los tranquilos mares de la luna; en sus períodos más consecuentes se nos acerca, apenitas, hasta las plúmbeas nubes urbanas—. No tenía la más ramera idea de este coso, diría Brando Taberna si se le preguntara. Yo había entrado a la librería con el muy loable propósito de pelarme algún libro del "Boca Sucia" y de pronto —ya tenía la *Máquina de Follar* embalada—, la maldita librería comenzó a llenarse de fulanos y fulanitas con cara de genios. ¡Joder, coño —como exclamaría Bukowski traducido acabronantemente por la colección *Anagrama*—, con tantos tíos metidos ahí, imposible mangarse nada! Y conste que Brando Taberna es experto-perito-especialista en mangarse libros-volúmenes-ejemplares de librerías-puestos-bazares. Robarse un libro, para Brando Taberna es tan fortificante como robarse una manzana.

Y A ROBAR *manzanas aprendió de niño el Brando en la feria instalada en los mefíticos alrededores del Mercado Municipal. Bravos territorios por donde patiperreó su infancia, cuando aún era Hidelbrando del Carmen y poseía una carita de pan de Dios que era un encanto. Todavía se acuerda de aquellos barrios, de cada uno de los recovecos de la plaza adyacente al edificio del Mercado Municipal (Plaza de los Jubilados en ese entonces; Plaza de los Cesantes después, en los tiempos del César Augusto; Plaza de los Canutos hoy en día). Su modo de robar manzanas era sublime, inimitable: el vendedor pestañea, una mano presta, rápida como el látigo del Zorro, atrapa la manzana más roja y se la lleva directamente a la boca; tras el tarascón, con el zumo chorreando pegajoso por la barbilla, preguntar inocentemente por el precio de las coliflores. En un toque de desfachatez suprema, apuntar indolentemente las coliflores con la misma mano en que se tiene la manzana ya mordida. Su estilo con los libros es similar. Nada de entrar a las librerías con mochila o carpetas. Es obvio hasta la grosería entrar llevando una de esas parcas acolchadas que más parecen cubrecamas de moteles. En mangas de camisa —nada por aquí, nada por acá—, el Brando hace su aparición en los locales, se pone a hojear las novedades (los libros envueltos en plástico laminado, como las comidas de aviones, le dan en las bolas), ubica el ejemplar a requisar, lo pesa, lo sopesa ceñudo, y con la parsimonia de un viejo maestro de provincia, empuñando*

DONDE MUEREN LOS VALIENTES

*profesoralmente el libro contra su pecho —he ahí su birlibir-
loque—, sale del local latrocinado como quien sale del living
de su casa: indolente el tranco, serena la mirada, relajado el
pálpito.*

FLEMÁTICO E INCISIVO, el famoso escritor habla de
su vida. Los concurrentes le beben las palabras pen-
dientes del menor gesto, del más imperceptible tic de
su cara mofletuda, del más ligero tremolar de su
perigallo rosado. La muñeca Barbie tamaño natural
no es ninguna excepción a la regla. Labios
chocolatísimos, nariz exacta, la bella le sigue el movimiento modulatorio como si fuera sordomuda. Atra-
pada, alelada, fascinada por el aura aristocrática del
gurú, la rubísima muñeca ignora que un individuo de
mala catadura, con un reflejo lúbrico en sus aviesos
lentes oscuros, a punta de codos comienza a abrirse
camino desfachatadamente hacia ella, hacia su inde-
fensa ínsula de fragancia. ¿O acaso sus gafas ahumadas ya han visualizado a los oscuros lentes frusleros?
¿Acaso las raybanísimas le han sonreído viciosillas a
los baratieris lentes marcos de carey y vidrios sin pe-
digrí? Lo cierto es que el fulano, facha de personaje de
cómic porno, avanzando decididamente por la reta-
guardia, ganando territorio palmo a palmo, parape-
tándose de persona en persona, liquidándolas sin asco
el mercenario intrépido, ya está a sólo un obstáculo de
alcanzar su objetivo. Sólo un codazo más, un suave
empujoncito por el flanco a la señora de pelo azulino
—o tal vez pasarla limpiamente a cuchillo a la ancianita— y logrará ocupar la vertical espalda de la Barbie,

admirar su respingado culito de ángel, aspirar ese
cuajante olor a hembra que Brando Taberna, olfato de
perro callejero, ya cree percibir, intacto, bajo el opa-
lescente efluvio de sus perfumes importados.

*FUE UN SÁBADO de fútbol, arriba de una micro, que
estos querubines se conocieron. Él venía del sector sur; ella
subió en el Estadio Regional, en plena aglomeración del final del partido. Él iba hojeando un libro de Lezama Lima.
Su interés en el cubano no era tanto, sin embargo, como para
no advertir a la espectacular rubia de gafas oscuras que
acababa de subir y dejaba a todos zurumbáticos. De entra-
da se notaba que la señorita no era un ejemplar de micro.
Tampoco, de manera alguna, se podía pensar que venía sa-
liendo del estadio. Algún desperfecto en su Escarabajo rojo,
pensó irónico él. Según vociferaban compungidos los comen-
taristas radiales, el equipo local había perdido por goleada.
Los rostros de los hinchas se notaban hoscos. Los banderines
venían plegados y nadie hablaba con nadie. Él se hundió de
nuevo en la lectura: el fútbol no le interesaba en absoluto y,
en el apiñamiento, una chaqueta y un pantalón vaquero le
habían velado la visión de la rubia. Varias cuadras más
adelante, concentrado en la narcótica verba de Oppiano
Licario, algo le hizo levantar la cabeza: la tenida de mezclilla que le obturaba la visual había desaparecido y, junto
a él, de cuerpo entero —pullover amarillo, falda blanca y
bikinísima la línea del calzón—, tenía a la hermosa muñeca. En verdad su cuerpo no tenía nada que envidiarle al de
esos inasequibles ángeles de pasarela y revistas satinadas.
El gordo chantado detrás de ella, cargándola impúdicamente,
echándole el grajo de la empanada y la cerveza del entre-*

tiempo, tal vez pensaba lo mismo. Afirmado sólo con una mano, el mastodonte le llevaba la otra, enorme y peluda, engarfiada ferozmente a una nalga. Ella, sin darse por aludida, como abstraída completamente en el paisaje, miraba fijamente por la ventanilla. Cuando él le tocó el brazo para ofrecerle su asiento, ella pareció como despertar de un encantamiento. El "no, gracias", le salió débil, sofocado, casi imperceptible. Y continuó de pie. Él, de imaginación febril, recordó algunos casos que había oído y pensó que el gordo la había amenazado: "quédate piola si no quieres irte con el paño pifiado", o algo así. Y ya no pudo concentrarse en la lectura. Al llegar al centro (quedaban muy pocas personas de pie y el gorila seguía pegado como pólipo detrás de ella) el pasajero sentado a su lado se bajó y él, entonces, mirándola comedidamente, se desplazó hacia la ventanilla dejando el asiento a su disposición. Ella esta vez se sentó. Apenas lo hizo le preguntó con naturalidad qué iba leyendo. Y, acto seguido, acercando su rostro hacia él, le pidió susurrante que por favor se bajara con ella en el próximo paradero. Él iba hasta el final del recorrido, al otro lado de la ciudad, pero aceptó, intrigado. Bajaron en la Plaza Colón. Ella tenía estacionado su auto frente a la Intendencia. Él quiso saber si el tipo la había agredido o intimidado, y ella, en un dejo de turbamiento —con un extraño brillito en la mirada—, cambió de tema. Le preguntó qué hacía. Nada. Pero te gusta leer. Sí, le gustaba leer. Cuando ella le confesó, entornados los párpados, que era una amante de la poesía, él le dijo que escribía poemas. Entusiasmadísima, ella lo miró como de nuevo. Que le encantaría leerlos, le dijo. Al despedirse de beso en las mejillas, tras darle un número de teléfono, él la notó turbada. Sólo cuando la rubia se alejaba haciéndole una leve seña con la mano, mientras el melismático reloj de la plaza valseaba en ese instante las siete de la tarde, él se vino a percatar de dos cosas: que el auto de la rubia era un ESCARABAJO *rojo y que él no tenía la moneda para seguir viaje en otra micro. Cosas del fútbol, se dijo.*

CON EL ALETEO de un gesto de repugnancia sombreándole su cara rosadita, el escritor capitalino está tratando de explicar lo repulsivo que le resultan los sándwiches de potito —algo tienen que ver éstos con el personaje central del libro—, cuando Brando Taberna, ya con medio muslo metido entre el último escollo (la ancianita de pelo índigo) y su objetivo final (las espaldas de la Barbie), aprovechando la tibia oleada de una carcajada en coro, hace una leve palanca con la pierna y —maniobra perfecta— termina de desplazar por completo a la de pelo índigo indignada señora. Logrado entonces el objetivo final, tomado el alcázar, ocupada la plaza fuerte, situado justo detrás de la bellísima, victorioso, el mercenario hace brillar su sonrisa como un acerado cuchillo entre los dientes.

MATAPIOJO Y MARIPOSA, *burro plomo y yegua fina, fue en las barriadas del lado norte de la ciudad, en plena aglomeración de la Feria de las Pulgas, donde este parcito se vio por última vez. El encuentro fue casual. Ella se hallaba a punto de volar al extranjero por un año; él, cesante crónico, acababa de conseguir trabajo en una construcción. Gato ratonero y minina de salón, los hubieran vistos riendo juntos esa mañana. Qué arco voltaico el contacto de sus miradas ese*

domingo luminoso. Él vivía por ahí cerca, más hacia el ce-
rro. Por inercia bajaba cada fin de semana a revisar los
libros viejos en busca de algún hallazgo feliz. Ella le confesó
abochornada que había dado por esos lugares dejándose ir en
el marasmo de una micro a tute. Él la invitó a un vaso de
huesillos con mote (después ella le obsequiaría un hisopo con
mango de nácar). Perro callejero y pekinesita recién perfu-
mada (finísimos los zapatitos comprados en la tienda El
Vaticano / fachendosos los bototos dados de baja en el ejérci-
to), recorrieron la feria de mar a cerro y de cerro a mar,
minuciosamente. Cómo se habían regocijado aquella maña-
na cuando, sobre un trozo de plástico negro estirado en el
suelo, entre una ruma de Selecciones del Reader's Digest
(que querés, che Julito, la vida es así), descubrieron un fla-
mante ejemplar de La vuelta al día en ochenta mundos.
El regocijo no fue tanto por el hallazgo en sí, como por la
tierna dedicatoria que llevaba el libro. En ella el firmante
Américo Osorio, le obsequiaba a su amorsito (sinuosísima
la s entremedio) "el libro que tanto te gustó cuando
niña". *Seguramente el enamorado no se fijaba mucho en*
apellidos y pensando que se trataba de La vuelta al mundo
en ochenta días *del otro Julio, se lo regalaba a Alejandra*
"para que al volver a leerlo te traiga bellos recuerdos
de tu infancia". *La destinataria no debió de haber enten-*
dido mucho, pues, según la fecha de la dedicatoria, no habíase
demorado un tris en deshacerse del obsequio. Después, sin
muchas ceremonias y ninguna solución de continuidad, mien-
tras pelaba una naranja con los dientes, él la invitó a cono-
cer su cuchitril a medio cerro. Excitada aún por el viaje en
micro, ella aceptó.

ACOMODADO A LAS espaldas de la rubia, sin rozarla aún, sin imponerse —regodeos de invasor—, cualquiera diría que Brando Taberna está a punto de cubrirle la vista con las manos y, simulando la voz, exclamar jubiloso: "¡Adivina quién soy!" Pero no. Con ella se juega otro juego. Él lo sabe. Lo que hace entonces el invasor impúdico es arquear la pelvis levemente hacia adelante y frotar con suavidad contra el turgente trasero. Un telegráfico espasmo, señal de un lúbrico sistema Morse, sacude los glúteos de la muñeca. Alentado, inflamado por tan galvánica respuesta, con una tumefacción a toda vela, el Brando vikingo se le apega carnal y definitivo. La fungosa cabellera de leona dorada le llueve fragante sobre la cara. Con sólo las yemas de sus dedos —acupuntor erótico— comienza a palparle suavemente el neuma de sus nalgas perfectas, mientras va presionando cada vez más con su vientre, en un imperceptible meneo de perro callejero, Brando Taberna presiona hasta sentir entrecortársele la respiración a la Barbie, encabritársele el pulso, acalugársele la sangre; todo esto, claro, sin que se le altere un ápice la regia expresión de embobamiento con que escucha al notable de la literatura, el que, ahora, ya terminada su charla magistral, ha comenzado a contestar el docto interrogatorio de sus admiradores.

BRANDO TABERNA ESTÁ curado de espanto en cuanto a las fantasías eróticas de las mujeres. La primera en sorprenderlo fue una poetisa a la que le gustaba practicar la fellattio en las mamparas de las casas particulares del sector céntrico de la ciudad, con el peligro, excitante para ella, de que al-

guien saliera intempestivamente, o llegara. Ternera insaciable, cada vez que se quejaba de la incomprensión de la crítica local hacia su versos eróticos, Brando Taberna le replicaba, cáusticamente cruel: "¡Si tú escribieras como mamas, cariño!". Después estaba la profesora que le gustaba hacer el amor en los baños públicos de hombres. Mientras más sucios y malolientes los mingitorios, más fuertemente se excitaba la maestra. Disfrazada de varón se metía con él en los baños de la Plaza Colón, en los baños de los cines (cuando aún existían el Rex, el Imperio y el Latorre) y en los de algunas fuentes de soda de mala muerte. Pero su sanctasanctórum eran los cavernosos baños de los bajos del Mercado. Mientras jadeaba y aspiraba voluptuosamente el miasma fétido, la profesora se extasiaba hasta el paroxismo leyendo, en susurros jadeantes, los más obscenos grafitis, sin perder en ningún momento el tonito pedagógico. Y había, además, una gorda prosopopéyica que le gustaba fornicar en el mar, debajo del agua. Sus orgasmos más sonados los conseguía este cetáceo en la poza grande del Balneario Municipal, en medio del bullicioso flujo de gente. En ese pequeño y promiscuo triángulo de arena, en donde se amontonan los bañistas como manadas de rosados lobos marinos, abroquelándose en lo turbio del agua, el Brando y la gorda fornicaban hasta la languidez y el calambre. Pero había durado poco el amor con la gorda acuática. Sólo hasta la tarde en que, en medio del clamoroso gentío, sumergidos en el agua hasta el cuello, al borde ya del éxtasis, un cilíndrico excremento humano les pasó flotando asquerosamente por entremedio de sus rostros desconcertados. Borboritante, humeante, aderezado de incrustaciones leguminosas, el zurullo *les rompió el encanto del amor (y del mar) de una sola vez y para siempre.*

CON UNA CARA de distinguido aburrimiento, la lumbrera capitalina termina de contestar rápidamente las últimas preguntas: Que si es verdad que colecciona muñecas de loza. Que qué tiene en contra de los sánwiches de potito. Que si él fuera Emperador de la Tierra, qué haría con Michael Jackson. Esto último lo responde presto, rotundo, dictatorial el emérito: "Lo mandaría a trabajar a las minas de carbón al negro falsificado". Y, acto seguido, da por terminado el diálogo con el ilustradísimo auditorio nortino. A muy buena hora, piensa Brando Taberna. Y es que la viejecita de las mechas color metileno –debió pasarla limpiamente a cuchillo a la veterana de mierda–, que no se ha perdido detalle del licencioso franeleo público, encocorada, está a un tris de armar un escándalo de proporciones. Brando Taberna aprovecha entonces el instante del aplauso para mordisquearle el lóbulo a la rubísima que, desfalleciente de hálito, erubescente –obscenamente erubescente–, vuelve su perfil flamenco para musitarle bajito: "Suponía que podías ser tú, lindo".